포기의 순간

UN INSTANT D'ABANDON
by Philippe Besson

이 도서의 국립중앙도서관 출판시도서목록(CIP)은
e-CIP 홈페이지(http://www.nl.go.kr/ecip)에서 이용하실 수 있습니다.
(CIP제어번호: CIP2011001136)

포기의 순간

Un instant d'abandon

필립 베송 장편소설 | 장소미 옮김

문학동네

경계를 넘은 이들을 추억하며

그의 눈에 눈물이 고여 있다. 아이가 이 눈물을 바라보자 그가 말한다. 그러나 자신을 울린 고통에 대해서가 아니라, 폭풍이 몰아치고 파도가 거세고 비가 퍼부었던 날들이 슬퍼서라고만 말한다.

마르그리트 뒤라스

1980년 여름

차례

검은 구름들이 절벽의 습곡에 그늘을 드리운다. 언덕 옆구리로는 거칠고 차고 묵직한 바다 속에서 우뚝 솟은 등대가 보인다. 항구로 돌아온 어선들은 녹슨 쇠줄로 정박되어 있거나, 힘 빠진 손이 울퉁불퉁하게 닳은 줄로 묶은 탓에 아슬아슬 균형을 잡으며 흔들리고 있다. 부두를 따라 거세게 몰려온 얼음장 같은 바람이 벌거벗은 나뭇가지들 사이로 불어닥친다. 이곳에 살다보면 이런 12월의 매정함과 안개비 내리는 모진 아침에 익숙해지게 마련이다.

나는 한길을 통해 말없이 다가오는 사내들을 보았다. 나를 데리러 오는 것이었다. 그들은 내가 저항하지 않을 것임을 알고 있는 듯했다. 우리 사이엔 말이 필요치 않았다. 그들은 잠자코 나를 데려갔다.

나는 팰머스를 떠나본 적이 한 번도 없었다.

책 하나

토머스 혹은 죄인

아주 부유한 사람들은 서쪽으로 조금 멀리 떨어진, 코르누아이 끝에 있는 펜잔스 쪽에 빅토리아풍 빌라를 소유하고 있다. 8월이면 그들은 그곳에서 화창한 날씨를 즐기고, 기둥에 담쟁이덩굴이 감겨 있는 베란다에서 차를 마신다.

세인트 모즈에서는 여름 날씨가 한창이고, 만류의 물살이 허락하는 날이면 요트레이스가 펼쳐진다. 그러면 전속력으로 물 위를 달리는 하얀 요트들과 해안에서 열의 없이 박수치는 아가씨들을 볼 수 있다.

포이 쪽으로는 암석으로 이루어진 작은 만이 해수욕하는 사람들을 즐겁게 해준다. 모래 둔덕에서는 아이들이 뛰논다.

그러나 팰머스, 이곳은 그렇지 않다.

전혀 그렇지 않다.

팰머스는 인기 있는 해수욕장이 아니다. 강 하구에 자리 잡은 집들은 소박하며 소형보트들도 마찬가지다. 물론 날씨가 좋은 날도 있지만 그런 날은 드물다. 이보다 더 아래쪽, 스완풀 옆의 바닷가는 거의 언제나 횅댕그렁하다.

팰머스에는 진짜 좋은 계절이라고는 없는 것 같다. 겨울에 점령당한 것 같다.

나는 중심가에서 약간 떨어진 펜데니스 라이즈에서 태어났다. 사람들은 별 볼일 없는 마을의 변두리가 어떤지 상상도 못할 것이다. 그런 곳에 기차역이 들어섰다. 하지만 열차는 드물다. 비수기에는 더욱더. 순전히 우연으로 이곳까지 흘러들어오는 일은 없는 것이다. 철도는 영불해협이 시작되는 곳에서 끝난다.

육지가 수직으로 깎아지른 절벽에서 바다에 자리를 양보하는 곳, 그곳이 바로 팰머스이다.

그 너머로는 바다와 어선들과 여객선들뿐이다. 지금도 기억난다. 여객선들이 지나다녔을 때, 나는 여덟 살이었다.

이곳에서는 영원히 두 가지 길뿐이다. 어부가 되거나, 정보를 잘못 얻어들은 관광객들이 찾아들길 기다리거나. 큰길가에는 생선가게들이 줄지어 늘어서 있는 반면, 바닷가에는 선크림이나 우편엽서, 물놀이기구 따위의 바캉스용품을 파는 잡화점들이 있다. 이 잡화점들의 커튼은 일 년 열두 달 중 아홉 달은 닫혀 있다. 일 년 내내 문을 여는 것은 부둣가 술집들이 유일하다.

또 무슨 얘기를 할 수 있을까. 강을 따라 올라가면 낡은 콘크리트 바지선과 전쟁이 끝나고 버려진 유조선의 잔해가 보인다. 우연히 제방을 따라 걷다가 여기까지 이르렀거나 길을 잃은 산책객들은 얼른 걸음을 재촉해 그곳을 지나쳐버린다. 나는 항상 이 부서지고 녹슬고 너덜너덜해진 선박들을 구경하는 게 좋았다. 인간들의 투쟁 끝에 남은 귀중하고도 쓸모없는 잔재들, 거대했던 것의 시체들에서 우리의 온갖 모험이 완수되는 것이다. 내게 난파된 배들은 영화 배경의 위풍당당하면서도 처절해 보이는 장식물이다.

자, 이제 여러분은 팰머스에 대한 모든 것을 알았다.

나는 가을이 깊어가는 어느 안개 낀 날, 즉 여느 날과 다를 것 없는 날에 태어났다. 거의 하루도 빼놓지 않고 끼는 안개는 마을의 모든 것을 뒤덮고 늘 우리를 따라다닌다. 아마 우리가 죽는 날도 그러리라. 안개야말로 이곳에서 우리가 유일하게 확신할 수 있는 것이다. 얼굴을 덮는 그 베일, 시선에 어리는 회색빛, 팔뚝에 맺히는 이슬방울들.

나는 어린 시절 내내 연안 가장자리에 줄지은 손바닥만 한 집들 중 하나에 살았다. 실수로 옆집에 들어가는 일이 있을 정도로, 집들은 하나같이 똑같이 생겼다. 활처럼 밖으로 툭 튀어나온 창과 작은 뜰이 있는 것하며, 집 옆에 차를 주차해놓은 것까지도.

나에게는 나이가 없다. 흐르는 세월과 함께 나이를 잃었다. 행복했던 시절만 셈한다면 나는 아직도 어린아이일 것이다.

내 이름은 토머스 셰퍼드이다. 사람들은 나를 톰이라고 부른다. 여기서 사람들이란 부모님과, 동네에서 같이 자란 사내아이들과, 마을 노인들, 상점 주인들을 말한다. 물론 메리앤도 포함된다. 나를 토머스라고 부르는 사람은 할머니뿐이다. 들려오는 얘기로 할머니는 머지않아 돌아가실 것 같다. 그날이 오면 나는 이제 누구에게도 토머스가 아닐 것이다.

나는 토머스 셰퍼드이고, 어떤 사내들이 나를 데리러 오기 전까지 팰머스를 떠나본 적이 한 번도 없었다.

그리고 오늘, 팰머스로 돌아왔다.

여기 말고는 갈 곳이 없었다.

11월이다. 나는 첫눈에 마을의 모든 것을 알아보았다. 변한 것이라고는 아무것도 없고, 앞으로도 없으리라. 모든 것이 정지되고 굳어서 화석이 되어 있다. 시간은 힘을 쓰지 못했다. 나는 마을의 모든 풍경을 알아본다. 빨간 벽돌, 번들거리는 보도, 빗물에 반사되어 줄무늬 빛을 내뿜는 가로등, 끝없이 이어지는 슬레이트 기와지붕, 위협하듯 우뚝 서 있는 교회 종탑. 어선의 이름들과 상점의 간판들과 노점상의 게시판들도 눈에 익다. 요란하게 철썩거리는 파도 소리, 물보라의 휘파람 소리도 익숙하다. 이 습한 냄새, 세찬 바람의 냄새도. 추위로 오들거리는 사람들의 굽은 몸과, 못이 박인 손과, 엄격해 보이는 얼굴과, 의심 많은 눈초리도 알아본다. 모든 것이 예전과 똑같다.

하지만 나는 이방인이다.

그렇다. 나는 마을 사람들이 일깨워주기도 전에 이미 이방인임을 느낀다. 사람들은 이방인이 된 나를 환영하지 않는다. 그들에게 나는 예전의 내가 아니다. 더는 팰머스의 자식이 아니다.

어느 날 어떤 사내들이 나타나 마을에서 멀찍이 떨어진 곳으로 나를 데려갔고 그뒤로 여러 해가 흘렀다는 것을 틀림없이 아무도 잊지 않았을 것이다. 그들에게 지금 돌아온 사람은 내가 아닌 다른 사람이다. 마을을 떠나본 적도 없고 앞으로도 떠나지 않을 이곳 사람들은, 그들을 떠나 멀리 가면 필연적으로 다른 사람이 될 수밖에 없다고 생각한다. 그들이 옳다.

하지만, 이미 말했다. 여기 말고는 달리 갈 곳이 없었다.

11월이다. 나는 '글로스터'를 향해 걷고 있다. 삼십 야드쯤 떨어진 곳에 깜빡거리는 붉고 푸른 네온사인과 그 안에 감도는 따뜻한 불빛이 보인다. 그쪽으로 다가가서 김이 서린 유리창을 통해 들여다보니 오늘 저녁에는 손님이 그리 많지 않은 것 같다. 무기한으로 지정석을 예약이라도 한 것처럼 보이는 플래너건 영감과, 얼굴은 낯익은데 이름이 떠오르지 않는 혈색 좋고 팔뚝이 울룩불룩한 삼십대 사내 두 명, 그리고 직접 만 담배에 불을 댕기는 카터가 있을 뿐이다. 몇몇 사내들은 당구대 가장자리에 술잔을 놔두고 말없이 모여 있다.

글로스터에는 여자가 없다. 여자들은 이곳에 오지 않는다. 술

집은 여자들의 장소가 아니다. 여자가 눈에 띄기라도 하면, 그것은 이루 말할 수 없을 만큼 도발적이고 눈뜨고 봐줄 수 없을 만큼 천박한 일이 될 것이다. 메리앤, 그녀는 나와 함께 이곳에 온 적이 한 번 있었다. 그리고 그 대가로 따돌림과 경멸의 벽에 부딪혀야 했고, 결코 예전으로 돌아가지 못했다. 당장 그다음 날부터 마을 여자들은 길에서 메리앤과 마주치면 격노하고 나무라는 시선으로 흘겨보았다. 그 술집 스캔들은 도화선에 불이 붙은 듯 삽시간에 번져나갔다. 메리앤이 이 이상한 팰머스의 주민사회에서 제 위치를 되찾기까지는 몇 주가 걸렸다.

어쨌거나, 팰머스에서 여자들은 아무것도 아니다. 여자들은 존재하지 않는 것이나 마찬가지다. 외출하는 일도 거의 없다. 남편이 버젓이 살아 있는데도 태곳적부터 과부살이를 하는 여자들 같다고 할 수 있겠다. 그녀들은 검은 옷을 입고 숄을 걸치며, 식료품점에서 마주쳐도 얘기를 나눌 화젯거리가 없다. 그저 집에서 텔레비전을 보거나 셔츠를 기우면서, 하루하루 흐르고 또 흘러서 여름이 오고 또 오기만을 기다린다. 그녀들은 자기들이 마을을 떠나는 일은 결코 없으리라는 것을 처음부터 알고 있다. 그러므로 결혼해줄 남자를 찾은 것에 행복해하고, 팰머스에 홀로 남겨져 혼자 죽는 여자들을 딱하게 여긴다. 자신들의 고독도 이미 거의 상상을 초월하는 지경이므로, 혼자인 여자들의 고독이 어떠하리라는 것을 가히 짐작하기 때문이다.

이곳 남자들은 그리 말이 많은 편이 아니다. 이들은 보통 인상을 구기고 있다는 평판을 듣는데, 틀린 말이 아니다. 자진해서 속을 털어놓는 일도 없다. 확실히 말수가 적고 몸짓도 적은 인간들이다. 걸음도 아끼고, 감정도 아낀다. 이들은 모든 것을 아낀다. 그리고 전반적으로 무뚝뚝하고 퉁상스럽다. 포옹은 어색하고 거칠며, 인사말은 빠르게 내뱉고, 악수는 짧고 억세다. 그렇다. 이것이 바로 팰머스의 남자들이다.

나는 글로스터 밖의 창문 앞에서 가랑비에 몸을 맡긴 채 서 있다. 끈끈한 이슬비에 젖은 머리카락이 뺨에 달라붙는다. 옷은 젖고, 여행가방과 신발은 진흙으로 엉망진창이 되었다. 뼛속 전체에 스미는 한기가 느껴지기 시작한다. 밤이 내 어깨 위에 있다.

나는 술집 안에 감도는 그 무람없는 분위기와 촉촉하고 훈훈한 뒤얽힘을, 그 작은 세계를, 숨어서 관찰한다. 오렌지색 불빛이 직각을 그리며 내 발밑까지 내려와 비친다. 그러고 보니 나는 이들 세계의 한 사람이었던 시절조차 이미 이렇게 바깥에, 직각으로 떨어지는 불빛 가장자리에 서 있었다.

그렇다. 나는 늘 이렇게 약간 물러나 거리를 두고 있었다. 사람들은 이런 내 표정을 두고 피로하다거나 자기들을 비웃는 거라고 여겼다. 그러나 나 스스로도 정확한 이유를 규정할 수는 없지만, 그 두 가지 다 내 표정의 원인은 아니었다. 나에게는 항상 이런 꼴사나운 면과 약골처럼 맥없고 젖비린내가 날 것처럼 가녀린, 병자 같은 구석이 있었다. 나를 바라보는 사람들의 시선에는 늘 동정이나 경멸이 어려 있었다. 아니, 그보다는 나를 보지 않을 때가 더 많았다. 그들에게서 내가 차지하는 자리는 정말 보잘것없었다.

아마도 내가 주변과 가장자리와 경계선과 언저리만 좋아하기 때문일 것이다. 나는 중심과 명확한 것을 경계한다.

집으로 곧장 갈 수도 있었을 것이다. 어렵지 않은 일이다. 해안을 따라 외우다시피 훤한 길, 걸음마를 배운 그 좁은 길을 걸으면 된다. 그렇다. 그러면 부모님의 집이 아닌, 손바닥만 한 내 집에 이른다. 부모님 집은 당신들이 마을을 떠나면서 팔았다. 이 집은 결혼하고 내 손으로 마련한 것이다. 메리앤을 들어안고 문턱을 넘은 것도, 내 아들이 태어난 것도 이 집이다. 지금 이 집에서 나를 기다리는 사람은 아무도 없다.

사내들이 나를 데리러 왔던 날 이후로 한 번도 집을 다시 보지 못했지만, 마을과 마찬가지로 변하지 않았을 것이다. 집은 변하지 않는다. 다만 휑해질 뿐이다.

나는 아직 준비가 되지 않은 것 같다. 아직은 얼어붙도록 차가운 비를 맞으며 글로스터 앞의 진창 속에 서 있는 편이 더 좋다. 정수리 위로는 네온사인이 깜빡거리고, 얼굴에서는 물이 뚝뚝 떨어진다. 눈물은 아니다. 나는 잘 울지 않는다. 그런 나를 보고 루크는 놀라워하며 말했다. "상황으로 봐서, 다른 사람들도 널 탓할 수는 없을 거야." 나는 '상황으로 봐서'라는 그 표현이 좋았다. 뭔가를 구체적으로 말하지 않고 표현하는 그 방식이.

항구 쪽으로 간다. 발걸음은 내가 주문하는 것을 넘어 나를 이끈다. 나는 마치 하루 일을 끝내고 귀가하는 사람처럼, 아무 생각 없이 어떤 의문도 품지 않고 항구로 내려간다. 내 어린 시절이 펼쳐졌던 곳, 내 존재가 정립되었던 곳으로 간다. 밧줄들과 케이블들이 마구 뒤엉켜 있는 창고 쪽으로 걸음을 옮긴다. 나는 이 미끄러운 포장도로와, 닻줄이 열을 지어 묶여 있는 계선주繫船柱들과, 밤이면 돛대에서 나는 방울 소리와, 멀리서 불어오는 소금먼지와, 고인 물에서 풍기는 썩은 내를 안다.

갑자기, 어린 시절로 돌아간다. 아홉 살의 내가 제방을 따라 달린다. 지면이 젖었다는 것을 알아차리지 못한다. 이윽고 균형을 잃고 넘어진다. 돌바닥에 엉덩이를 찧으며 그대로 뼈가 으스러진다. 그 사고로 가볍게 다리를 저는 신세를 면치 못하게 되었다. 질질 끄는 다리는 동무들에게 놀림거리가 되었지만 여자아이들에게는 호감을 주었다.

그러고 보니 내 인생의 핵심이 결정되었던 시기로 돌아간 셈이다. 아홉 살 때 이미 인생을 꾸려나갈 모든 재료가 제자리를 잡았다. 그다음부터는 일이 벌어지고 흘러가는 대로 내버려두면 그만이었다. 내 인생은 저절로 결정되었다. 훌쩍 자라난 앙상한 몸, 생선 상자들의 틈바구니에서 보냈던 청소년기, 어망을 던져대느라 늘어난 팔뚝, 아무 보탬이 되지 않았던 학교생활, 말아서 피웠던 첫 담배, 고기잡이에서 돌아와 들이켜던 맥주, 손쉽게 꼬드길 수 있었던 여자아이들, 메리앤, 해안가의 집. 그러고 나서 어느 날, 사내들이 나타나 나를 데려갔다.

그리고 루크가 있다.

어떻게 설명할까? 루크는 젊고 눈동자가 새카만 남자다. 그의 얼굴은 도시 속을 알 수 없게 무표정이지만, 더위가 기승을 부리는 8월이면 몸은 훤히 드러내놓고 지낸다. 갇혀 있을 때는 몸이 아무 의미가 없기 때문이다. 보는 사람도 없고, 감출 것도 없어진다. 몸은 한 점 고깃덩이에 불과해진다. 루크는 넓은 어깨에 점 여러 개가 나 있는 젊은 남자다. 순백의 피부에, 허리가 가느다란 젊은 남자.

어깨에 흩뿌려진 그 점들에 대해 들으면 과연 이곳 사람들은 무엇을 이해할 수 있을까?

공기가 점점 더 차가워진다. 나는 옷깃을 세우고 바다를 응시한다. 피곤해서 빨게진 눈은 파도에 출렁이는 수평선 위의 한 지점, 아무 장소도 아무것도 아닌 어느 한 점에 고정된다. 이렇게 먼 곳을 바라보지만, 팰머스를 벗어날 수는 없으리라.

여하튼 우리는 그 무엇에서도 벗어나지 못한다. 우리를 더욱 강하게 옭아매는 것은 뿌리 깊이 박힌 우리 본연의 모습이라기보다는 우리의 과거이다. 일단 자신의 진실에 닻을 내리면 빠져나갈 수가 없고, 자신을 옥죄는 것을 벗어버릴 도리가 없어진다. 저항하거나 싸워봐야 소용이 없다. 그저 단념하고 운명을 받아들이는 편이 낫다. 아마도 사람들이 내게서 보는 것이 바로 이

체념일 것이다. 다리를 절뚝이며 느릿느릿 몸을 움직이는 모습일 것이고, 달아나지 않으려는 듯 땅에 붙박여 서 있는 모습일 것이다. 엉덩이에 결함이 있어 다리를 질질 끄는 나 같은 사람은 움직임에 진정으로 자유로울 수 없는 법이다.

그러나 나의 체념이 단지 질질 끌어야 하는 다리에 기인한 것인지는 확신할 수 없다.

물론 마을에 돌아온 것은 실수다. 사람들은 이 귀향을 도발로 간주할 것이고, 나의 뻔뻔하고 천연덕스러운 행동을 용서하지 않을 것이다. 벽 바깥으로 내쳐졌던 사람에게는 되돌아오는 것이 금지되어 있다. 더구나 내가 마을을 떠날 수밖에 없었던 상황이 나를 짓누르고 내게 선고를 내린다. 이미 죗값을 치렀음을 상기시킬 수도 있겠지만 소용없는 짓이다. 그들에겐 세월이 치유해주는 것은 아무것도 없으며, 내가 저지른 잘못과 짊어진 죄과와 오욕에 비하면 형기가 아주 길었던 것은 아니기 때문이다.

나는 과거와 함께 돌아왔고, 과거는 내가 짊어진 짐이다. 한길을 통해 마을에 들어온 사내들이 나를 데리러 오기 전에 일어났던 사건은 나와 떼려야 뗄 수 없다. 아무리 모든 연을 잘라내고, 모든 관계를 청산하고, 모든 줄을 끊어봐야 소용없다. 새롭고 순결한 모습으로, 새것으로 번쩍거리는 나로 아무리 가공해봐야 소용없다. 이곳 사람들은 쉽게 잊어버리는 유의 인간이 아니다. 모든 것을 기억하는 그들은 내 죄를 사해주지 않을 것이다. 그들은 자비도 관용도 모른다. 사면은 그들의 사전에 없는 단어다.

나는 죽음과 함께 돌아왔다. 죽음을 데리고 왔다. 나는 시신을 운반한다.

내게는 시신이 따라다닌다.

영원히.

이 시신은 무엇을 하건 간에 늘 나와 함께일 것이다.

사람들은 나와 동행한 이 시신이 보일 것이다. 그러나 그들의 눈에는 이 시신의 창백하고 가엾은 얼굴과, 눈물로 팬 두 뺨과, 감당할 수 없는 뭔가에 휘말린 사람들이 짓는 공포 서린 표정만 보일 것이다. 이 연약하디연약한 존재만 보일 것이다. 그러나 이 연약한 존재는 다른 모든 고려를 잠재우고, 모든 살아 있는 것들보다 더 생생하고, 팰머스의 그 어떤 사내보다 힘이 세다. 사람들은 금발의 곱슬머리와 제 어미를 닮아 다갈색 주근깨가 가득한 이 천진하고 해맑은 어린아이만을 볼 것이다. 한순간의 불찰로 무참히 짓밟히고 스러진 아이의 여덟 살만을 볼 것이다. 이 죽음은 나를 떠나지 않을 것이다.

바로 내 아들의 죽음.

나는 이 슬픔, 줄어들지 않는 절망, 물리칠 길 없는 압박, 소리 없는 비탄과 함께 돌아왔다. 철저한 비참함이 나를 뒤덮고 있다. 이것을 알아보지 못하고 그냥 지나치기란 불가능하다. 이 비참함은 내 행동 하나하나에서, 더욱 느려진 내 걸음걸이에서, 그렇다, 이 절룩거리는 걸음걸이에서 차고 넘친다. 시선 속에서도 마찬가지다. 놓치려야 놓칠 수가 없다. 지나가는 모든 이들의 발걸음을 멈춰세우기에 충분하다. 그러나 이곳 사람들은 내 슬픔 따위는 보지 않기로 작정했을 것이다. 그들은 아비라는 이유로 나를 믿고 내 손을 꼭 잡았던 죽은 아이만을 떠올릴 것이다. 내 아들이었다는 잘못으로, 나를 믿었다는 잘못으로 어른이 될 기회를 영영 잃어버린 그 아이만을.

그들은 자식을 잃은 아비는 보지 못할 것이다. 단지 자식을 살해한 아비만을 볼 것이다. 사실, 어떻게 그들을 탓할 수 있겠는가?

그들은 용서하지 않을 것이다. 그러나 수사는 과실치사로 종결되었다. 보다 정확하게 얘기하면, 기소장의 보충문서에는 이렇게 적혀 있다. '살해 의도는 없었으나 보호 소홀로 미성년을 죽음에 이르게 함.' 배심원들은 이 부분을 참작했다. 그러나 팰머스의 주민들에게 고의성이 없었다는 것은 중요한 문제가 아니며, 정상을 참작해줄 만한 상황이란 존재하지 않는다. 그들의 관심사는 오로지 확인된 사실뿐이다. 사람이 죽었다는 것, 그 사람이 어린아이라는 것, 그 어린아이가 여덟 살에 불과했다는 점에만 관심이 있다. 나머지는 관심 없다.

여전히 그들은 폭풍우가 불어닥쳤던 날 밤 내가 아이를 데리고 배를 탔다는 사실만 이야기할 것이 틀림없다. 그날 밤은 평소보다 심한 폭풍우가 일 거라는 경보가 내려진 날이었고, 정신이 똑바로 박힌 아비라면 그런 날씨에 아들을 데리고 바다에 나가는 짓은 절대로 하지 않았을 것이기 때문이다. 어떤 이들은 아이가 배에서 떨어질 것이 불 보듯 뻔한데도, 내가 그 위험을 보려고도 막으려고도 하지 않았다고 단언한다. 내 경거망동이 바로 범죄라고 주장한다.

하지만 그들이 아는 것은 정확히 무엇인가? 그들은 그때 그 자리에 없었다. 실제로 무슨 일이 일어났는지 말할 수 있는 사람은 나 혼자뿐이다. 나만이 완전한 진실을 밝힐 수 있다. 그들은 내가 항구로 돌아왔을 때 옆에 아이가 없었다는 사실에 주목했을 뿐이다. 당시 공포에 떨며 구조를 요청하던 내 모습 따위는 기억하고 싶어하지 않는다. 절망스러운 몸짓과 넋이 나가 횡설수설한 설명과 울음 섞인 말은 잊었다. 그렇다. 단지 아이가 나와 함께 돌아오지 않았다는 것, 내가 아이를 성난 바다 한가운데 버려두었다는 것만을 기억한다.

다음 날에야 바다가 잠잠해져서 어선이 시신을 찾으러 나갈 수 있었다. 물론 시신은 발견되지 않았다. 그들은 아이를 데려오지 못했다. 아이는 아직도 저쪽, 팰머스에서 멀리 떨어진 바다 속에 있다. 연안에서 멀리 떨어진 파도와 파도 사이, 당장 오늘 저녁에도 내가 바라보고 있는 저 수평선 위에 얹힌 불분명한 한 점, 그곳이 아이의 육신이 있는 장소다.

솔직히 말하자면 진실을 아는 사람이 나 혼자뿐이라고 한 것은 거짓말이다. 당연히 루크에게는 모든 것을 털어놓았다. 어느 날 아침, 나는 결심을 하고 루크의 어깨 위 점들에 시선을 고정했다. 그리고 한 번도 쉬지 않고 단숨에 이야기했다. 단어들은 명확했다. 오랫동안 목구멍 안쪽 깊숙이에 걸려 있던 단어들이었다. 마침내 고백이 끝났을 때, 나는 점들에서 눈을 떼고 고개를 들어 천천히 그의 시선을 찾았다. 그의 눈은 질겁하는 기색 없이 까맣게 반짝거리고 있었다. 루크는 아무 말도 하지 않았다. 나는 그 무엇도 우리를 갈라놓을 수 없으리라는 것을 알았다.

전깃줄에 매달린 불빛들이 부르르 떤다. 팰머스의 고요한 밤 속에서 삐걱거린다. 오늘 밤, 내게는 이 삐걱거림 외에는 아무 일도 일어나지 않을 것이다. 밤은 어떤 시신도 데려오지 않는다.

집은 빨간 벽돌과 청회색 슬레이트 지붕으로 지어졌다. 이 마을에서는 다른 방식으로 집을 짓는 법을 모른다. 문에는 세 개의 숫자가 연이어 쓰여 있다. 3-2-5. 나는 십 년 가까이 이 집에서 살았다. 325번지는 내 집이다. 자물쇠 구멍에 열쇠를 넣고 돌리니, 문은 마치 오늘 아침에 닫아놓은 듯, 일터로 나서면서 잠가놓은 듯, 스르르 열린다. 이날을 위해 오 년이라는 세월이 걸렸다. 그때 나를 데리러 온 사내들은 내게 집에 들를 시간조차 주지 않았다.

맨 처음 나를 치고 지나가는 것은 물론, 휑한 공간이다. 아무리 이럴 거라 각오하고 있었다고 해도 소용없는 일이다. 헉하고 숨이 막히지 않기란 불가능하다. 이 썰렁함은 솜씨 좋은 권투선수의 강펀치를 복부에 맞은 것만큼이나 느닷없고 충격적이다.

전기도 들어오지 않는다. 나는 어둠 속으로 걸어들어간다. 어둠과 휑뎅그렁함 속으로. 벽을 제외하고는 그 무엇에도 부딪힐 염려가 없다. 모든 공간이 실제보다 넓어 보인다. 발소리도 방 안에 크게 울려 퍼진다. 푸르스름한 달빛이 창문을 통해 들어온다. 가진 것이 하나도 없다는 것을 이렇게 절절하게 느껴본 적이 없다. 비할 데 없는 고독의 순간.

각 방들은 더이상 용도가 없다. 거실은 이제 거실이 아니며, 침실도 더는 침실이 아니다. 방들은 텅 빈 공간, 즉 가구도 사는 사람도 삶도 없이, 모든 것을 들어낸 장소일 뿐이다. 이렇게 사람도 없고 사물도 없는 것이 진짜 결여이다. 결여와 가장 닮은 진짜 결여. 진짜 소멸.

이곳은 버려진 불모의 땅이다. 카펫도 깔리지 않은 맨 마룻바닥에 울려 퍼지는 내 발소리만이 흠집을 내는 침묵의 영토.

나는 특별히 무엇을 향해서랄 것도 없이 앞으로 나아간다. 헐

벗은 집 안을 걸어다닌다. 점차 어둠이 눈에 익는다. 한기로 몸이 떨린다. 나는 어깨를 웅숭그리고 손에 입김을 불어넣는다. 뒤로는 내가 남긴 진흙의 흔적들이 있다. 몸에서 비 냄새가 난다.

나는 아들의 방이었던 곳으로 가서 맨바닥에 몸을 누인다. 카펫을 걷어낸 바닥에 웅크리고서 작은 짐승처럼 몸을 둥글게 만다. 그리고 잠이 찾아들기를 기다린다. 감옥생활 초창기의 밤들도 이와 흡사했다. 또다시, 루크가 내 곁에 있었으면 좋겠다.

아침은, 또 다르다.

아침은 또다른 빛이다. 회색빛. 지독히도 더러운 창유리에 걸러진 회색빛이 닫힌 집 안으로 어렵사리 스며들어와 수염이 웃자란 내 볼에 얹힌다. 이 빛은 온기가 아니다. 그것은 차라리 이제는 깨어날 시간임을 알리는, 이제는 살아 있는 사람들 가운데로 돌아가 세상이라는 사진 속으로 들어갈 시간임을 알리는 알람이다.

기진맥진해서 꼼짝할 수 없고, 온몸 여기저기가 욱신거린다. 누군가에게 흠씬 두들겨맞은 것처럼. 몸이 시퍼런 멍과 불그죽죽한 반상출혈로 덮여 있다 하더라도 놀라지 않을 것 같다. 그러나 살은 허옇고 건조할 뿐이다. 뼈대들도 아직은 제 기능을 한다. 겉보기에는 모든 것이 정상이다.

나는 순간적이고도 본능적으로, 익숙했던 누군가를, 혹은 뭔가를 찾는다. 그리고 다음 순간 소스라치게 놀란다. 몸이 그대로 솟구쳐 벽으로 내던져지기라도 할 것처럼 놀란다. 이 몇 초의 순간이 내 통제를 벗어난, 내 영역 밖에 있는 순간이었기 때문이다. 바로 낭패감이 극에 달한 순간.

내가 기다린 사람은 희한하게도 지난 삼십육 개월 동안 감방을 함께 썼던 루크가 아니었다. 아니, 내가 기다린 사람은 바로 메리앤이었다. 절망에는 필연적으로 그 본연의 이유가 있다는 듯이. 떠난 사람들이 살던 장소에서는 그들을 찾는 게 당연하다는 듯이. 이 집이 결혼서약을 마치고 내가 데리고 들어왔던 사람을 생각해야 한다고 강요라도 한 듯이.

곧이어 떠오른 메리앤에 대한 기억은 나를 또다시 충격에 휩싸이게 했다. 그것은 처음의 놀라움보다 더욱 아팠다.

여섯 살의 메리앤. 그녀는 사랑스러운 소녀였다. 주름으로 얼굴이 갈라진 노인네들은 그렇게 말했다. 그녀는 다른 마을에서 우리 집 옆으로 이사를 왔다. 짧은 머리칼은 묶고 있었고, 말이 없는 편이었다. 힘없는 손에 줄넘기를 들고서 몇 시간이 지나도록 뜰에 서 있을 때도 있었다. 다른 곳, 자신만의 세계에 가 있는 아이 같았다.

열세 살의 메리앤. 그녀는 학교 마당에서 내 한심한 다리와 계집애처럼 비쩍 마른 몸과 허약함을 놀리는 아이들로부터, 그들의 조롱으로부터 나를 보호해주었다. 심지어 다리를 질질 끄는 내 걸음걸이를 흉내낸 트레버 크럼리의 따귀를 후려치기도 했다.

열일곱 살의 메리앤. 나는 그 전까지 여자아이와 키스해본 적이 한 번도 없었다.

스물한 살의 메리앤. 그녀는 내 가슴팍에 얼굴을 묻고 내 팔에 안겨 이 집의 문턱을 넘었다.

서른다섯 살의 메리앤. 그녀는 팰머스에서 멀리, 아주 멀리 떨어진, 영국 어딘가에 살고 있다. 내게서도 멀리, 아주 멀리 떨어져 있다. 지금도 여전히 멍한 눈을 하고 한 마디도 하지 않은 채 몇 시간씩 서 있기도 할까? 힘없는 손으로는 새로운 아이의 손을 잡고서?

여행가방에서 옷가지 몇 개를 되는대로 꺼낸다. 그리고 청바지와 헐렁한 스웨터를 기계적으로 맨몸에 꿰어입는다. 상쾌하고 산뜻한 냄새가 난다. 그렇지만 팔에는 덕지덕지 때가 끼고 손톱 끝은 시커멓고 머리칼은 기름에 절어 있다. 몸에서는 며칠 동안 씻지 않은 사람들에게서 풍기는 지독한 악취가 난다.

창을 열어 냉기와, 바람과, 안개비를 집 안에 들인다. 신선한 공기가 몰려든다. 냉기는 뺨 위에서 향기로운 스킨이 되어 신선하고 상쾌한 감각을 전달한다. 산 자들의 세계로의 귀환. 나는 이 냉기를 믿기지 않는 구원처럼 얼떨떨한 기분으로 맞아들인다.

얼마 동안이나 이렇게 창가로 불어오는 바람의 숨결 속에, 안개비 속에 서 있었을까. 모르겠다, 시간을 헤아려보지는 않았다. 이렇게 아무것도 기다리지 않고, 아무것도 아닌 채로, 아무것도 하지 않으며 이 부동성을 만끽한다.

아침의 창백함 속에서 집은 어젯밤보다 더 커 보인다. 그러나 적대감도 덜 풍기고 가둬놓은 추억도 좀더 적어 보인다. 집은 거의 비현실적이리만큼 변했다.

나는 시찰이라도 나온 양, 크기를 재보려는 듯 이 방 저 방 둘러본다. 손으로 벽도 쓸어본다. 그러나 결국에는 다시 거친 바다를 향해 열린 창문 쪽으로 오고야 만다.

떠나면서 메리앤은 아주 작은 물건 하나 남기지 않고 모조리 가져가버렸다. 황량함만 남겨놓은 채 말끔히 비워버렸다. 나는 용감하게 이 황량함을 꼭 붙들어 안는다. 따지고 보면 황량함이야말로 나의 유일한 동반자가 아니던가. 그것도 아주아주 충실한.

바깥에서 가마우지가 우짖는 소리와 어선의 뱃고동 소리가 들려온다. 이 소리들과 함께 어린 시절의 모든 소리, 모든 익숙한 소음, 내 것이었던 모든 것, 어느 날 내가 버려두었다가 오늘 되찾은, 다시 내 것이 될지는 알 수 없는 모든 것이 밀려온다.

그렇다. 그 모든 것, 무사태평이고 무지막지했던 세월들이 열린 창을 통해 물밀듯 몰려들어와 현재의 황량함에 섞여든다. 나는 울지 않기 위해, 창문을 도로 닫지 않기 위해, 안간힘을 쓴다.

순간, 불행으로 얼룩진 어린 시절이 다시 모습을 드러낸다.

나는 지금, 하루의 시작을 앞두고 서 있다. 두번째 기회는 없다고 생각하면서도, 그것을 찾기 위해 여기에 왔다.

나는 서두르지 않고 절벽에 세워져 있는 공중전화 부스로 걸어간다. 세상 끝에 난데없이 우뚝 솟은 이 엉뚱한 물건은 바닷가에서 올라오는 휴가객들을 위한 것이다. 집에 전기와 수도를 설치하는 데 필요한 통화를 했다. 집은 물론 몇 년간 사람이 살지 않고 방치된 채였으나, 내가 집주인인 것은 분명하다. 문제없다. 필요한 서류를 작성해주면 될 것이고, 모든 것이 제자리를 찾을 것이다. 걱정할 것 없다.

그들은 이 집이 내 전 재산임을, 이 집이 나를 지상에, 뭍에, 그리고 세상 사람들에게 붙들어매주는 마지막 닻줄임을 알 수 없을 것이다. 만약 알았더라면 그따위 질문들을 했을 리가 없다.

이 집의 주소는 그냥 집주소가 아니라 나를 세상과 연결해주고 사람들과 이어주는 기호이다. 325번지, 멜빌 로드, 팰머스, 코르누아이.

공중전화 부스를 나서니 다시 한번 냉기가 달려든다. 온몸이 떨린다. 곧장 돌아가 집 안에 틀어박히고 싶다는 생각이 반사적으로 들지만, 실은 추위가 문제가 아니라 바깥세상과 외부에 익숙하지 않은 것이 그 원인이다. 너무 오랫동안 세상과 격리되어 한 건물 안에 갇혀 지낸 나머지, 탁 트인 공간과 끝없이 펼쳐지는 풍광과 날씨가 낯선 것이다. 감옥에서는 눈이 오건 바람이 불건 얼얼한 추위가 살을 에건, 그 모든 요소로부터 보호를 받았다. 그곳에서는 한쪽만 문이고 나머지는 벽이다. 나는 바깥세상에, 이 바깥세상의 공격에, 일어날 수 있는 모든 종류의 시련에 맞서는 법을 다시 배워야 한다는 걸 새로운 교훈처럼 깨닫는다. 그래, 먼저 이 추위에 맞서자.

절벽을 따라 걷는다. 어지럼증으로 술에 취한 듯 머리가 흔들린다. 나는 균형을 잃지 않으려고 양팔을 수평으로 뻗는다. 이런 자세로는 미치광이처럼 보이기 십상일 것이다. 아니면 어린애처럼 보이던가.

발길은 스산한 움직임이 시작된 항구로 향한다. 몇몇 사내들이 일상적인 일과 중 하나인 밧줄 당기는 일에 몰두하고 있는 모습이 보인다. '체인 로커'의 네온사인 간판도 보인다. 간판은 붉고 푸른 네온으로 테두리를 두른 파인트 맥주잔 모양으로, 옅은 안개 속에서 마구잡이로 깜빡이고 있다. 나는 손에 입김을 불어넣는다. 숨결이 뜨겁다.

바로 지금 이 순간이다.

내가 정말로 돌아온 것은.

체인 로커의 문을 밀고 들어서니 일단은 아무도 나를 알아보지 않는다. 바에 있는 종업원은 한 번도 본 적이 없는 사내로, 내게 눈길조차 주지 않는다. 그에게 나는 아무것도 아니다. 기억에조차 없으며, 아직은 스캔들도 아니다. 드문드문 보이는 손님들은 자기들끼리의 얘기에 정신이 팔려 있거나 〈데일리 뉴스〉를 훑고 있다. 특별히 부산스럽달 것 없는, 평온한 시간이다.

나는 긴 의자의 맞은편 구석 자리로 가서 앉는다. 바에 자리를 잡으면 시선을 끌까 두려웠다. 미리부터 주의를 끌고 싶지는 않다. 어차피 머지않아 닥칠 일이다.

종업원에게 큰 잔으로 커피 한 잔만 달라고 신호를 보내자, 그는 입도 뻥긋하지 않고 고개만 한 번 까딱한다. 이곳은 신호와 간단한 말과 정해진 암호만 오가는 장소이다. 설명은 덧붙일 필요가 없다. 이곳에서는 사나이들끼리인 것이다. 아니, 그보다는, 우리끼리인 것이다. 나는 이곳에서 유일한 이방인이다. 얼핏 봐도 오해의 여지가 없다. 그러나 나는 이들의 언어를 안다. 이 언어가 내 것이기도 했던 시절이 있었다.

종업원이 느릿느릿 커피를 가져오더니 지체하지 않고 곧장 내 앞에 내려놓은 후에 선불이라고 말한다. 아직 아침인데도 그는 이미 지친 것처럼 보인다. 카페 종업원들은 흔히 이런 무기력과 피로를, 접근에 대한 거부나 짜증처럼 늘 달고 있다. 이곳에서는 말상대를 해주느라 시간을 허비하는 법이 없다. 우리는 각자가 만족해야 할 선을 알고 있다.

실내장식은 변하지 않았다. 여전히 같은 의자들, 같은 탁자들이다. 이것들은 튼실하고, 처음 들여놓았을 때부터 촌스러웠고, 앞으로도 교체되는 일이 없을 것이다. 사실, 그 어느 장식이건 바꿔서 뭣하겠는가? 손님들은 특별한 것을 바라지 않고, 여름 휴가객들은 늘 뜨내기인데.

목재로 둘러친 벽 위에는 맥주 광고 포스터들, 다트게임 과녁판, 영국 국기, 마을 축구팀 휘장, 그리고 정체불명의 자격증이 끼워진 액자가 걸려 있다. 또 거대한 생선을 들고 있는 가게 주인의 사진과 이를 '공증公證'이라도 하는 듯 어망도 하나 걸려 있다. 바 둘레에는 높고 둥근 의자들이 바닥에 버려진 담배꽁초들 위에 솟아 있다. 의자들의 가죽은 벗겨졌거나 주름이 가지 않았으면 아예 찢겨나갔다. 모든 것이 제 모습 그대로 잘 있다. 물론, 나만 빼놓고.

그러나 나도 마음만 먹으면 여기서 이렇게 할 일 없이 빈둥거리며 하염없이 머물 수도 있을 것이다. 그건 어렵지 않을 것이다. 아무것도 바라지 않고 일단 모든 것을 체념하고서 있는 듯 없는 듯 앉아 있기로 작정만 하면 충분하리라. 문제는 끝내 다른 사람들이 나를 알아보고 현실로 끌어내릴 일이 불가피하다는 것이다. 그들의 시선 속에서 나는 다시 존재하기 시작할 것이며, 과오를 용서받지 못한, 절대 사해지지 않을 죄를 짊어진 자가 될 것이다. 그러므로 머물 것인지 물러날 것인지는 내가 선택해야 한다. 둘 중 어느 쪽이든 모두, 용기가 필요하다.

커피가 식었다. 설탕은 종이에 싸여 탁자 위에 그대로 놓여 있다. 그러나 나는 몸을 움직여 먼저 시선을 끄는 위험을 무릅쓰지 않는다. 비난 섞인 웅성거림이 내게 와 닿기를 기다린다.

나는 푸르스름한 아침 한가운데에서 툽상스런 사내들을 관찰한다. 몸짓은 인색하기 그지없고, 동작은 굼뜨고 억세다. 특별히 들으려 하지 않았는데도 그들이 웅얼대는 말들과 뜨문뜨문 오가는 대화와 목을 가다듬는 밭은기침 소리들이 들려온다. 그들의 지친 모습에서 턱없이 부족한 수면과, 고된 노동의 연속인 세월과, 거친 일과가 감지된다. 그들에게 이 순간은 전날 내려놓았던 일감을 다시 손에 잡기 전에 마지막으로 고즈넉함을 누리는 시간이다. 육체가 다시 연장으로 변하기 전의, 아직은 평온한 시간.

이 강도 높고도 막연한 평온을 누리고 있자니 과거의 장면들이 되살아난다. 그렇다. 모든 것이 다시 내게 주어진 것만 같다. 모든 것을 다시 시작하기 위해 이곳에 온 것만 같다. 나도 이 사내들 중 한 명이었으며, 이들과 마찬가지로 하루를 시작하기 전 이 카페에 묵묵히 앉아 잠을 깨려고 두 손으로 꺼칠한 볼을 문지른 다음, 아무 생각 없이 먹고살기 위해 일을 하러 갔었다.

그러던 어느 날 아이가 익사했고, 그래서 이 모든 것으로부터 벗어나게 되었다.

나는 커피를 한 잔 더 주문한다. 아무도 내게 주의를 기울이지 않는다. 세상 사람들의 눈에 아무것도 아닌 이 상태, 투명해서 있어도 없는 듯한 이 상태가 오래 지속되었으면 좋겠다. 나는 철저한 무관심을 원하지만, 그것은 결코 내게 허락되지 않을 것이다.

종업원이 두 잔째 커피를 가져왔을 때, 누가 체인 로커의 문을 밀고 들어왔다. 내 앞에 서 있던 사내가 들어서는 사내에게 공손하게 인사를 건넨다. 게리 밀러다. 불쾌한 얼굴과 완만하고 두툼한 어깨, 거대한 체구, 굼뜬 동작의 사내가 우리 쪽을 돌아본다. 그가 잠깐 내게 눈길을 준다. 나는 이제 죽은 몸이다. 그의 눈빛을 보면 알 수 있다.

자, 드디어 올 것이 왔다. 이제 증오가 용솟음칠 것이다. 아니면 적어도 멸시가.

게리 밀러는 탁자에 앉아 있는 손님들 무리에게로 가서 그들 한가운데 앉기 전에 한 집단의 우두머리가 그러듯이 종업원을 향해 고갯짓을 한다. 아마 그는 여전히 두목일 것이다. 찰나의 움직임이지만 신호를 받은 사람은 감히 거역할 엄두를 낼 수 없을 것 같은 몸짓이다. 종업원이 그쪽으로 다가간다. 경악과 혐오감이 밴 중얼거림과 속닥거리는 대화 내용을 알아차리기란 어렵지 않다. 이제까지 나를 자세히 보지 않았기 때문에 내 생김새를 묘사할 수 없고 내 머리칼이 무슨 색깔인지도 기억 못할 종업원이, 돌아보지 말라는 주의를 미리 받았을 텐데도 갑자기 내 쪽으로 고개를 휙 돌린다. 그리고 얼른 가게 안을 휘둘러보면서, 그저 카페에 아무 문제가 없는지, 모든 것이 잘 돌아가고 있는지 확인만 하는 척하지만, 다시 내게 시선이 멈추는 것은 어쩌지 못한다. 종업원의 시선이 두번째로 내 몰골에 머물고 그 시간도 지나치게 길어지는가 싶더니, 얼굴에 질겁과 역겨움의 표정이 떠오른다. 내가 이방인이길 멈추고, 배척받는 사람이 되고 괴물이 되기 위해서는 게리 밀러의 입에서 나오는 몇 마디 말이면 충분하다.

나는 이제부터 사람들에게 손가락질을 당하고, 구역질을 불러일으키고, 길에서 우연히 마주치기라도 하면 거북한 놈이라는 것을 똑똑히 알려주기 위해 눈에 힘을 주고 노려보고 입을 삐죽거리고 어깨를 풀썩거리는 꼴을 당해야 하는 인간이다.

나는 팰머스가 더는 원치 않는 잉여인간이다.

이곳 주민들이 '자식을 죽인 팰머스의 살인자'에 대해 더 많은 정보를 얻고 그 이웃들에게도 질문하고자 런던에서 벌떼같이 몰려든 사람들에게 고통을 당한 어느 날 아침을 똑똑히 기억하고 있다는 데는 의심의 여지가 없다. 텔레비전 카메라와, BBC 저녁뉴스와, 잠복해 있는 사진기자들과, 무엇이든 좋으니 설명이 될 만한 것을 어떻게든 캐내려는 기자들에 대한 기억은 그다지 달갑지 않다. 주민들은 내 얼굴을 마을 이름과 함께 영원히 남도록 표지에 실어버린 한 선정적인 잡지도 잊지 않았다. 어떻게 잊겠는가? 동네 사람들이 아무리 문을 걸어잠그고 덧문을 닫아걸고 인터뷰를 거부해도 소용없었다. 주민들은 시도 때도 없이 '사건'에 관한 질문에 시달려야 했다. 흘릴 정보가 없는데도 소용없었다. 매일같이 바로 그다음 날이면 반박될 요란한 특종이 줄줄이 이어졌고, 명확한 근거도 없는 센세이셔널한 발견들이 터져나오기도 했다.

소란과 분노는 나타났을 때와 마찬가지로 어느 날 갑자기 사라졌다. 그러나 마을이 정말로 안정을 되찾고 상처가 다시 덮이기까지는 얼마간의 시간이 필요했다. 마을 사람들은 수치심과 끔찍한 기억을 안고 사는 법을 차츰차츰 익혀나갔다. 그러기 위해서는 모든 것을 침묵으로 덮어야 했다. 평온은 이 침묵과 벙어리 행세라는 대가를 치르고야 얻을 수 있는 것이었다.

오늘, 그들의 눈에 나는 봉인된 관의 덮개를 들어올리고 판도라의 상자를 열 목적으로 돌아온 것으로 비칠 것이다. 어떤 말로도 그들의 생각을 바꿀 수는 없을 것이다.

부인할 수 없는 한 가지 사실은 나도 그들의 반응이 이러하리라는 걸 예상치 못했다고 주장할 수는 없다는 것이다. 좀더 정확히 말하자면, 그들이 내게서 수치와 치욕이 뒤섞인 감정을 느끼리라는 것, 증오는 조금도 희미해지지 않았으리라는 것은 나도 알고 있었다. 흔히 하는 말로 사회는 나를 공식적으로 용서했지만, 보통 사람들과는 다른 종種이고 그래서 다른 방식의 법을 집행하는 팰머스 주민들은 그렇지 않으리라. 사실 그들이 나를 나무라는 가장 큰 이유는 그들을 강제로 무대 위로 끌어올려 추잡스런 상황과 수모를 겪게 했다는 것이다. 죽은 아이는 구실에 지나지 않는다. 그들은 단지 자기 마을 사람 때문에 곤란을 겪고 싶지 않은 것뿐이다.

그런 이유로 내 쪽에서 일부러 그들에게 먼저 말을 걸지 않는다. 그렇게 나는 그들의 시커멓게 타버린 공포와 깊숙이 묻어둔 불안과 해묵은 끈질긴 증오를 살찌운다. 결국 내가 돌아온 유일한 목적은 그들과 맞서기 위해서라고 할 수도 있을 것이다.

눈과 눈을 맞대고, 정면으로 대적하기 위해서.

에이미 타일러의 가게도 모든 것이 전과 다름없다. 여전히 지저분한 똑같은 창문에 매달린 똑같은 커튼, 두터운 먼지를 뒤집어쓰고 있는 똑같은 포마이카 선반, 괴상야릇한 잡동사니들이 주인만이 알 수 있는 기준으로 배열되어 있는 뭐라고 묘사하기 힘든 작은 진열장, 손으로 가격을 써붙인 라벨들, 그리고 에이미 타일러 그녀 자신. 물론 그녀에게는 오 년을 더 보태야겠지만 세월의 흔적은 보이지 않는다. 그녀는 예전에도 늘, 작은 회색 눈에 왜소하고 구시렁대기를 좋아하는 혼자 늙어가는 여자였다. 지금도 이야기를 들어줄 상대만 있으면, 자기는 세금에 눌려서 지레 죽고 말 거고, 영국 정부가 자기를 죽이려고 작정했고, 그나마 이렇게 살아남은 것이 기적이고, 이제 이 나라에는 제대로 굴러가는 것이 하나도 없고, 단 한 번이나마 경기가 좋았던 적도 없지만 지금이 불경기 중에서도 최악이라고 늘어놓았다. 나는 에이미 타일러가 다른 화제를 꺼내는 것을 한 번도 보지 못했다. 나뿐만 아니라 마을의 그 누구도 보지 못했을 것이다. 그럼에도 에이미 타일러의 가게는 사십 년 동안이나 영업중이다. 단골들도 끊이지 않고, 관광객들은 그들대로 가게의 재정에 보탬을 주고 있고, 에이미도 구걸을 하며 지내온 행색은 아니다.

나는 집에 들여놓을 매트리스를 사려고 에이미의 가게를 찾았다. 찾는 물건이 이 가게에 있으리라는 것, 정상가의 두 배만 내주면 간단히 내 것이 될 수 있으리라는 것은 애초부터 알고 있다. 출입문에서 울리는 소름끼치는 종소리를 들으니 정말이지 변하지 않는 것들이 있다는 생각이 든다. 어린 시절은 이런 자잘한 세부에서만 되살아난다. 그로 인해 내가 즐거운지, 아니면 눈가에 눈물이 고이는지는 잘 모르겠다.

"네가 돌아왔다는 말은 들었다, 톰. 그래도 정말로 이 마을에 다시 눌러살 작정은 아니겠지?"

"아직 결정한 건 아무것도 없어요. 지금은 그저 매트리스가 필요할 뿐이에요. 적어도 잠은 불편하지 않게 자고, 아침에 일어날 때 몸이 저리진 말아야 하니까요."

"그럴 줄 알고 왔겠지만, 너한테 마침맞을 물건이 있지. 그건 그렇고 내가 이래라저래라 할 일은 아니지만, 마을 사람들이 환영하지 않는다는 건 너도 잘 알겠지? 아니다, 내가 상관할 바 아니지. 뭐 더 필요한 건 없고?"

에이미 타일러의 치사스럽고 노골적인 태도는 나를 안심시킨다. 사실 이런 태도가 잠재되어 있는 경멸이나 말없는 증오보다 낫고, 내색하지는 않으나 분명 내가 보따리를 싸길 바라는 사람들, 절대 곁에 다가오는 일 없이 주입된 혐오감만 간직한 사람들의 태도보다 낫다. 이득이 되는 거래라는 명목하에 숨기고 있긴 하지만 장사를 관두고 싶을 정도는 아닌 이 단순한 악감정과, 윤리적이지도 않고 생각해주는 척만 하는 잔인함은 나에게 상처를 입히지 못한다. 만일 내가 블랙 유머를 즐길 기분이었다면, 에이미의 이런 태도를 거의 재미있다고까지 생각했을 것이다.

아니, 에이미 아줌마, 나는 도망갈 계획이 없거들랑요. 그러니 2인용 매트리스나 파시죠. 가까운 시일 내에 같이 잘 사람이 생길 테니.

집 안에 들어서니 순간적이긴 했지만 아주 구체적으로 죽은 아이의 존재가 느껴졌다. 힘없이 손에서 미끄러진 매트리스가 둔탁한 소리를 내며 입구의 마룻바닥에 너부러진다. 육중한 것이 떨어지면서 나는 소리가 울려 퍼지고 먼지가 풀썩거리는 가운데에, 나는 매트리스 앞에 서 있다. 죽은 아이에 대한 기억으로 뻣뻣하게 굳어버렸다. 미동도 할 수 없다.

내가 굳어버린 것은 슬픔이나 회한 때문이 아니라, 놀람 때문이었다. 아들녀석이 생기 넘치게 웃는 순간만을 간직하려고, 머릿속에서 아이의 유령을 몰아내고 죽은 모습을 쫓아내버린 지 몇 해가 지났다. 아들녀석이 머릿속에 들러붙어 사라지지 않는 시체가 아니라, 길을 건널 때 내 손을 꼭 잡는 사내아이의 모습으로만 나타나게 된 지 몇 해가 지났다. 나는 집이 그곳에 살았던 이들의 영혼을 간직한다거나, 관련 장소로 귀환하는 것이 죽은 자들을 다시 소환한다는 따위의 미신을 믿지 않는다. 그럼에도 이미지가 너무나 선명하다. 즉 바로 여기, 이 벽들 사이에서 아이의 웃음소리가 울리고 있고, 성난 바다에 삼켜지기 위해 떠났던 바로 이 공간에 아이가 다시 나타났다. 핏기 없는 안색에, 몸은 예사롭지 않게 뻣뻣한 것이 유해의 서늘함을 연상시키는 죽은 자의 그것이다.

내가 생각이 단순하거나 객쩍은 소리를 잘 믿는 사람이었더라면, 팰머스 사람들이 나를 마을에서 쫓아내려는 목적으로 꾸며낸 악취미적 계략이라고 생각했을지도 모른다. 그러나 좀 괴상한 구석이 있고 적대적이라 할지라도 이들에게 유령을 만들어내거나 주술을 걸 능력은 없다.

나는 바닥에 떨어진 매트리스를 들어올려, 메리앤과 내가 '우리 방'이라고 불렀던 곳에 가져다놓는다. 전구도 끼워넣고, 두꺼비집 스위치도 올린다. 밖에서는 거의 텅 비다시피 한 집 안에 혼자 있는 남자의 고독한 모습이 보일 것이다. 그리고, 흔들리는 그림자와도 같은, 폭풍우 속에 배에서 떨어지는 아이의 모습도 보일 것이다.

조산원이 갓 태어난 아기를 내밀었다. 자기가 직접 낳기라도 한 것처럼 자랑스레 눈을 빛내며 내 품에 아기를 안겨주면서 그녀가 말했다. "기쁘시죠, 그렇죠?" 그 열띤 어조가 이론의 여지없는 확언처럼, 절대적으로 자명한 사실처럼 울린 나머지, 질문은 거의 하나마나한 것이 되었다. 그 당연하다는 듯한 어조 때문에 나는 대답을 면제받을 수 있었다. 만일 그녀의 말이 진짜 질문의 형태를 띠었더라면 예상할 수 있는 의무적인 대답인 '그렇다'가 내 입에서 나왔을지는 확신하지 못하겠다.

당시 나는 메리앤이 임신 사실을 알렸던 순간처럼 차라리 겁에 질렸다고 하는 편이 맞을 것이다. 그때도 메리앤이 하도 행복하고 의기양양해 보여서 조금이라도 저어하는 모습을 보였다가는 괴물 취급을 당할 것 같았다. 나는 웃어 보이려 애쓰며 말없이 그녀를 끌어안았다. 그렇게 우리는 거의 일 분간을 서로에게 밀착한 채로 움직이지 않았다. 심장이 쿵쿵 뛰었다. 만일 누군가가 그 일 분 동안 내 눈을 들여다보았더라면 공포 외에는 아무것도 보지 못했으리라. 메리앤과 다시 마주 보았을 때, 나는 침착함을 되찾고 표정을 바꿀 수 있었다. 아버지가 된다는 기쁨에는 이론의 여지가 없어야 했다.

내가 아무 말도 하지 않고 아무것도 하지 않는 사이에 메리앤의 배는 불러갔다. 사람들은 내가 메리앤에게 감사하고 그녀를 만족시키고 기쁘게 하는 데 온 신경을 쏟을 거라고 생각했다. 그러나 나는 아버지가 되리라고는 한 번도 상상해본 적이 없었다. 당연한 수순을 따르듯 메리앤과 결혼했으니, 결혼한 지 몇 달 후에 태어난 아이도 결혼과 마찬가지로 당연한 수순처럼 여겨야 했다. 그러나 그렇지 않았다. 뭔가가 어긋난 것 같았다. 그게 무엇인지는 정확히 알 수 없었지만. 팔 년 후, 아이는 폭풍우 속에 배에서 떨어졌다.

나는 갓 태어난 아기를 가슴에 끌어안았다. 묵직했다. 아이와의 첫 포옹에서 몇 초 만에 중력을 느낀 것이었다. 이 중력은 아이가 살아 있던 팔 년 내내 나를 따라다니다가, 정확히 아이가 배에서 떨어진 순간에 떠났다.

나는 조산원에게 아기를 도로 건네주었다. 그녀는 아기를 안는 아빠의 자세가 아직 어설프다며 놀리더니, 머지않아 자연스레 익숙해질 거라고 말해주었다. 조산원의 말을 믿지는 않았지만, 나 또한 그렇게 되길 바라는 심정이 간절했다.

방 안으로 들어가니 메리앤이 출산의 고초에도 불구하고 그럭저럭 평온해 보이는 환한 안색으로 누워 있었다. 그녀가 한 마디 던졌다. "기가 막히게 닮았어." 나는 무슨 말인지 몰라 어리둥절했다가, 방금 전 내가 아기를 한 인간으로서가 아니라 근심거리나 골칫덩이로만 바라보았다는 것을 깨달았다.

나중에 메리앤의 말이 아이가 나를 빼닮았다는 뜻이었음을 알게 되었고, 그제야 비로소 아기를 안았을 때 내가 보고 싶지 않았던 것이 무엇이었는지 좀더 분명히 깨닫게 되었다.

누군가 문 밑으로 봉투 하나를 미끄러뜨려놓았다. 아침에 일어나보니, 바닥에 깨끗한 흰 봉투가 놓여 있었다. 이것은 내가 살아 있다는 증거다. 죽은 자에게 글을 써보내지는 않으니까.

수신자의 이름이 쓰여 있지는 않지만 바로 그래서 수신자가 나임을 알 수 있다. 발신인은 봉투를 뜯을 사람이 나라는 것을 조금도 의심하지 않은 것이다. 그렇게 확신하는데 뭣 때문에 받을 사람의 이름을 덧붙이겠는가?

이 봉투는 우연히 여기 있는 것이 아니다. 어제 집에 돌아왔을 때 문턱 위에는 아무 우편물도 없었다. 메리앤은 분명히 주소 이

전 신청을 했을 것이고, 사건에 대해 모를 리 없는 집배원들도 이 집에는 사람이 살지 않는다는 말을 전해들었을 것이다. 광고 전단을 돌리는 사람들도 이 집은 지나쳐버릴 것이다. 그러므로 이 깨끗한 흰 봉투는 내게 할 말이 있는 사람이 부러 놓고 간 것이다.

이 한 가지 확신만으로 자연스럽게 봉투 안의 내용이 짐작된다. 물론 이 안에는 욕설과 위협을 늘어놓은 다음 당장 마을에서 떠날 것을 촉구하는 명령으로 끝맺는, 익명의 편지가 들어 있을 것이다. 팰머스의 원한은 이런 초라한 표현법과, 비겁한 악의와, 얼굴 없는 독설에도 깃들어 있다.

글씨는 꾹꾹 눌러 가지런하게 쓰여 있다. 아이들처럼 신문을 오려서 맞는 글자를 찾아 붙이는 수고까지는 하지 않았다. 위험 부담이 크지 않다고 판단한 것이다. 내가 마을 사람들의 글씨체를 알 리 없으며, 이 문학작품을 들고 경찰서를 찾아갈 만큼 방약무인하지는 않다고 생각했을 것이다.

내용은 놀라울 것이 없다. 편지에는 증오가 스며 있다. 대표적인 몇 가지 표현들을 골라보면 이렇다. '치욕…… 우리는 네 소행 때문에 시달릴 만큼 시달렸다…… 분란을 일으키는…… 너는 이 마을에 아무런 볼일이 없다.' 교양과 연민과 기독교적 자비가 넘쳐난다.

이 편지는 마을 사람들의 공통적인 감정을 대변하는 것이리라. 증오로 가득 찬 서툰 그 글 속에는 마을 사람들의 심정이 표현되어 있다. 그들 중 좀더 용기 있는(혹은 좀더 비겁한) 누군가가 대변인으로 나선 것이다. 그리고 그는 최고의 필력을 발휘했다. 단어들은 저절로 떠오르고 폐부 깊숙이에서 솟아오른 것들이다.

나는 닫힌 문 앞에 꼼짝도 하지 않고 서 있다. 손끝에는 펼쳐진 편지가 매달려 있고 집 안에는 적막이 흐른다. 예상했던 이런 행동에 어떤 휴식과 후련함, 즉 안도감 같은 것을 느낀다. 예고된 대폭발, 그 전의 고요인 것이다.

창백한 아침 안개가 유리창에 스며 있다. 저 아래 바닷물이 깎아지른 절벽에 철썩인다. 떠오르는 태양 속에서 등대가 모습을 드러낸다. 멜빌 로드가 잠에서 깨어나고 있다.

나는 다시 체인 로커로 간다. 시간을 때우기 위해서이다. 손님들의 의견에 민감한 종업원은 내게 인사할 필요가 없다고 판단한 것 같다. 단골들의 악감을 산다는 건 있을 수 없는 일이다. 만일 나를 쫓아낼 권한이 있다고 생각했다면, 두말할 필요 없이 그렇게 했을 것이다. 그러나 종업원은 그 정도로 대담하지는 않거나, 생각과 행동에 일관성이 없는 자인 것 같다. 아니면 돈벌이라는 미끼가 다른 모든 판단을 앞질렀든지. 입에 풀칠하기가 어려운 이곳에서는 쉽게 내칠 수 있는 이득이 아니다.

나는 그의 침묵에 예의 바른 인사말로 답한다. 그러나 목청을 높이지는 않는다. 어차피 내 목소리로는 우레 같은 소리를 낼 수도 없거니와, 무엇보다 도박을 할 생각이 없다. 그러나 이미 이 단순한 인사말이 그에게는 뻔뻔함 중의 뻔뻔함으로 여겨질 것이다. 서슴없이 마을에 나타나서는 성실하게 일하는 장사치에게 '아무 일도 없었다는 듯' 넙죽 말을 건네는 이 철면피의 이야기를 여기저기 하지 않고는 못 배길 것이다. 그에게 시간 낭비할 필요 없다고, 재판은 이미 끝났으며 내 운명은 봉인되었다고, 추가로 나를 짓밟아봐야 소용없다고 기꺼이 속삭여줄 수도 있을 것이다. 이미 흠씬 두들겨맞고 쓰러진 자에게는 달려드는 것이 아니다. 그자는 이제 고통을 느끼지도 못한다.

이 빈정거리고 싶은 유혹은 분노의 표시라기보다는 꿋꿋해야 한다는 초조감에서 비롯된 것이다. 만일 인간에게 모든 진실을 정확히 판단할 능력이 있다면, 사회적 제재와 살육을 부추기는 선동에 맞서는 조롱은 그리 큰 무게를 지니지 못할 것이다.

카페 안은 쑥덕거리는 소리와 참는 시늉만 하는 비웃음으로 들썩인다. 나는 맥주를 홀짝인다. 사람들의 시선을 북돋워주고 유리창을 때리는 빗물에 놀라지 않기 위해서, 루크와 함께 보냈던 여름날들을 떠올려본다. 습기, 영원할 것만 같던 시간들, 기대할 것도 바랄 것도 없었던 날씨. 루크의 침묵이 기억난다. 침묵은 그의 힘이자 능력이었다. 루크는 사람의 의지에 대적할 수 있는 것은 아무것도 없다고 주장했다. 그리고 내게 저항하고 견디는 법을 가르쳐주었다. 내가 이나마 단단해진 것은 그의 덕이다. 굳은 결심이 흔들리고 무너지려는 이 순간, 나를 여기 머물 수 있게 해주는 것은 그의 검은 눈동자와, 노동 후에 근육이 아파오면 손을 얹을 수 있게 내주던 그의 둥그런 어깨이다.

나는 하나의 감금을 또다른 감금과 맞바꾼 걸까? 세상일이란 이런 식으로 서로 교환되는 걸까? 감옥의 벽과 팰머스의 벽이 서로 닮았다는 것을 인정해야만 할까?

이곳에서, 나는 자유롭게 움직인다. 이곳저곳으로 옮겨다닐 수 있다. 그러나 나를 맞아주는 장소는 단 한 곳도 없고, 웃는 얼굴 하나, 환영의 말 한 마디 없다.

이곳에서, 나는 잡배들과의 공동생활을 견뎌내지 않아도 된다. 외출을 할 수도 있다. 그러나 늘 원래 장소인 집으로 되돌아와서, 사막 같은 집 안 한가운데 덩그러니 놓인 매트리스에 누워 멀쩡한 시간의 대부분을 소비한다.

이곳에는, 내가 넘지 못하는 창살도 닫힌 문도 없다. 창문을 열 수도 있다. 그러나 이 창문은 허공과 망망대해와 내가 죽은 몸뚱어리를 버려두고 온 바다를 향해 나 있다.

이곳에서는, 산책이 간수가 엄중히 감시중인 둥근 마당에 그리는 동그라미로 제한되지 않는다. 내가 산책로를 결정할 수 있다. 그러나 길은 나를 어디로도 이끌지 않는다. 아니면, 아무도 나를 기다리지 않는 곳으로 이끌거나. 걸음마를 시작하고 나서부터 걷던, 외우다시피 하는 길인데도.

이곳에서는, 고립과 격리와 대화 한마디 없는 날들에서 해방되어야 마땅했을 것이다. 물론 이론적으로는 사람들에게 다가갈 수 있다. 그러나 내 상황은 격리만도 못하다. 나는 공개심판대에 못 박혀 있다. 루크가 그립다. 그의 침묵조차.

감옥에 있을 때, 자유의 맛은 다를 거라고 생각했었다. 그러나 막상 이렇게 세상에 나와보니, 갇혀 있던 세월이 한스럽게 여겨지지 않는다. 팰머스에는 자유가 존재하지 않는다는 걸 잊고 있었다. 자유는 이곳에 존재한 적이 없었다. 아마 아이가 살아 있었을 때조차 그랬을 것이다.

집에는 영혼이 없다. 대신 그보다 더 나은 것이 있다. 바로 기억이다. 무심코 들어간 방에서, 욕실의 거울 속에서, 살짝 열린 문틈 사이로, 나는 어느 날 내가 이룬 가정과 그 시절의 나를 본다. 밤이 되어 천둥이 우르릉거리거나 모진 바람이 쉭쉭거리는 소리만 들리면, 어느새 나는 과거로 되돌아간다. 그러면 똑같이 천둥이 치고 바람이 불고, 메리앤과 아이와 나, 우리 셋은 난로 주변에 모여 있다. 아무것도 아닌 아주 사소한 것 하나면, 눈 깜짝할 사이에 과거의 순간들로 돌아갈 수 있다. 대개는 익숙한 소리, 평범한 냄새, 하늘의 잿빛 구름이면 충분하다.

그러나 이런 순간에 나를 옥죄는 것은 고통이나 다시 후벼파는 상처 같은 것이 아니다. 아니, 그것은 차라리 기이한 멜랑콜리이고, 영혼 속에 핀 일종의 아지랑이며, 어렴풋한 우수 같은 것이다.

나는 아프지 않다. 정말 슬프지도 않다. 사실, 나는 지난 세월의 무게가 어느 정도인지 가늠하고 있다. 지나간 내 삶을 수세기나 지난 일인 듯 차분히 인정한다. 타인을 대하듯 그때의 나를 떠올린다. 이것은 꼭 불쾌하지만은 않은 감정이다. 나는 단지 허비하고 잃어버린 세월을 인식할 뿐이다.

돌이켜 생각해보면, 멜빌 로드 325번지에서는 아무 일도 일어나지 않았다. 메리앤의 웨딩드레스, 장롱 안에 차곡차곡 쌓여 있던 결혼 선물들, 아기 방 한가운데 놓여 있던 유모차, 생기지도 않았고 결코 생기는 일도 없었을 둘째 아이, 소곤거리는 우리 목소리, 자라나는 아이, 검푸른 아침의 출근과 칠흑 같은 밤의 귀가, 창문을 열면 보이는 바다, 약한 불에서 끓고 있는 요리의 뜨겁고 기름진 냄새, 보는 사람도 없이 혼자 지글거리는 텔레비전, 흘러가는 해年들, 뒤집힌 어선. 그렇다. 지금 그때를 생각해보면 중요한 것은 아무것도 없었다. 그런데 왜 슬프겠는가? 무엇이 후회스러워서? 무엇에 대한 노스탤지어를 느껴야 해서? 내가 마땅히 한탄해야 할 것은 공허와 존재의 허무뿐이다. 바로 내 존재의 허무.

책 둘

라지브 혹은 과실

리버 스트리트에 있는 식료품들 중 하나를 운영하는 파키스탄인들, 그들은 내게 증오심을 보이지 않는다. 그러나 나는 이것이 혹시 그들이 나를 심판하지 않고 건전한 무심함으로만 대하기 위해 상당히 노력한 결과가 아닌지 자문하지 않을 수 없다. 아니면 그들은 이 정도까지 마을 공동체와 단절되어 있고, 백인들, 즉 영국인들과는 최소한의 접촉만 하는 별도의 상인 그 이상도 그 이하도 아닌 기능만 하고 있는 것일까? 그들이 평온해 보이는 것은 무관심에서 비롯된 것은 아닐까? 실제로 그들은 무관심 속에 틀어박힌 나머지, 이런 태도가 아예 습관이 되어버린 듯하다. 그도 아니라면 단지 시끄러운 일을 만들고 싶지 않아서 누구의 편에도 서지 않고 어떤 의견도 내지 않으며, 약간의 이국적

배경을 가미하는 하나의 요소 정도로만 마을 풍경 속에 녹아들기로 작정한 것일까? 그들은 터번을 두르고 있지만 구릿빛 얼굴은 차분하고 평온해 보인다. 외국의 전통의상 차림이지만 거동은 우아하고 느리다. 말수는 적지만 구사하는 어휘는 악센트에도 불구하고 적확하다. 외국인들이지만 모든 면에서 우리보다 더 영국적이다. 그렇다. 그들은 내게 증오심을 보이지 않는다. 이 감정의 부재는 위안이자 휴식이다.

물론 착각해서는 안 된다. 우리는 불행의 동반자들이 아니다. 추방된 것이나 다름없이 격리된 자들이라는 상황이 특별히 우리에게 결속력을 불러일으키지는 않는다. 확실히 우리는 이곳에서 아무도 원하지 않는 비합법적 자식들이기는 하다. 무엇 하나 빌려보기도 전에 빚을 진 자들, 영원한 채무자들. 나름의 방식으로 참아내야 하는 것들이 있는 자들. 그러나 우리가 서로에게 그만큼의 특별한 호감을 느끼는 것은 아니다. 다만 오고가는 시선 속에 관용과 선한 체념이 비쳐 보일 뿐이다. 이 부드러움과 호의가 우리도 모르는 사이에 서로에게 전해졌다는 생각이 든다.

파키스탄인들은 내가 자식을 죽인 살해범이고 막 출감했다는 소문을 전해들었지만, 대화 속에 어떠한 암시나 힐난이나 평가도 흘려넣지 않는다. 적어도 겉보기에는 그렇다. 또한 단지 선고를 받았다는 이유로 자기들과 마찬가지로 일상적인 배척을 받는 신세가 된 자, 갈기갈기 찢겨 자기들 앞까지 추락해온 자를 경멸하지도 않는다. 살인죄를 저지르기까지 했는데 자기들을 침묵의 희생자로 만든 태생이라는 죄와 똑같이 배척이라는 처분을 받았다는 이유로 나를 증오할 법도 한데. 단지 다른 모든 사람들로부터 따돌림을 당했다는 이유만으로 자기들에게 다가온 내가 불쾌할 수도 있을 텐데. 그럼에도 그들은 조금도 뜨악하게 굴지 않는다. 그들과 함께 있는 동안 나는 팰머스로 돌아온 이후 처음으로 나를 으스러뜨릴 듯한 중압감에서 벗어난다.

나는 그들에게서 매일, 연명할 양식을 산다.

•

라지브(리버 스트리트에 있는 두 명의 파키스탄인 중 한 명의 이름이다)가 나를 가게 뒤편으로 불러들인다. 함께 앉아 차를 마시자는 것이다. 누군가 나를 배려해줄 수도 있다는 것을 잊고 있었다. 이 마을에 산다는 이유만으로 몸에 밴 의심과 사교성이라고는 없는 타고난 성격에도 불구하고, 나는 주저 없이 그의 제안을 받아들인다. 우리의 대화는 물 흐르듯 이어지지 않을 것이다. 그러나 라지브에게는 사람을 안심시키는 부드러움이 있다. 두려워할 건 아무것도 없고, 아무 대가도 요구하지 않을 것이며, 단골을 확보하기 위한 상인의 제스처도 아니라는 것을 알 수 있다. 어쩌면 내가 표적이 된 부당함을 마침내 못마땅하게 여기게 된 사람의 제스처일지도 모른다. 그러나 그가 이 건에 대해서는 언급하지 않으리라는 직감이 든다. 한눈에 보기에도 라지브는 장황한 설명을 앞세우거나 거창한 이론을 만들어내는 유의 사람이 아니다. 그는 자기 생각은 가슴속에 간직하고, 거북한 일은 만들고 싶어하지 않는다. 진정한 우아함인 그의 절제하는 태도가 마음에 든다. 정직한 사람이 보여줄 수 있는 이 조심스럽고 신중한 태도는 감동적이기까지 하다.

우선 우리는 거의 아무 말도 나누지 않는다. 그가 차를 어떻게 마시냐고 물어본 것이 전부다. 차가 준비되는 동안 나는 가게 뒤편의 좁은 의자에 앉아 있다. 찾아오는 손님도 없어서 우리는 아무에게도 방해받지 않는다. 그의 동생(나는 이 암시를 통해 그와 다른 한 남자가 형제임을 알게 되었다)은 물건을 떼러 헬스톤에 갔다. 물건이 많이 팔려서가 아니라 늘 재고를 확보해두어야 하며 특히 상하기 쉬운 품목인 신선식품들은 그때그때 조달해야 하기 때문이다. 한 번도 궁금해본 적이 없는 문제들이었지만 나는 기계적으로 고개를 끄덕인다.

다시 침묵. 그가 뜨거운 차를 훌훌 삼키는 동안, 내 찻잔의 차는 약간 식는다. 라지브의 움직임은 느리면서도 절도가 있고 섬세하다. 쓸데없는 몸짓이 없다. 실제로 그는 무슨 일을 하든 정확히 겨냥하는 인물일 것이다.

찻잔을 비우자, 그는 가랑비와 날씨를 화제 삼아 입을 뗀다. 줄기차게 내리는 안개비에는 여전히 적응이 되지 않으며 파키스탄의 태양을 느껴보고 싶다는 것이다. 그래서 나는 언제 고국을 떠나왔느냐고 묻는다. 그는 영국에서 태어났으며 부모님이 태어난 나라의 땅은 밟아본 적도 없다고, 이 부인된 출신과 자처하기 불가능한 정체성에 대해 제대로 알지 못하는 것이 한스럽다고, 자신은 순수한 영국산産이라고 답한다. 그의 말에는 가시가 돋쳐 있는 대신 진정한 슬픔이 담겨 있다. 라지브의 눈이 갑자기 팰머스의 하늘 빛깔을 띤다.

우리는 가게 뒤편, 야채가 빼곡히 들어찬 고리바구니들과 세제 상자 사이에 있는 좁은 의자에 앉아 있다. 머리 위에서는 전구가 가늘게 윙윙거린다. 각자의 나라에서 추방당한 두 망명자를 그림으로 그리면 딱 이런 모습이리라.

오늘은 라지브가 제안하지도 않았고 여자처럼 가느다란 팔로 방향을 가리키며 길을 내주지도 않았지만, 나는 다시 그의 가게 뒤편으로 스며들어간다. 라지브는 아무 말도 하지 않고 슬며시 웃어 보일 뿐이다. 인자하고도 피로해 보이는 표정이다. 혹시 라지브가 나를 동정하거나 내게 잘 보이려는 것이 아닐까 하는 의심은 들지 않는다. 그보다는, 서툴게나마 자기에게 다가온 이의 손을 뿌리치지 못하는 것으로 보는 게 맞을 것이다. 그러나 그는 도움을 주고 있다는 생색을 내고 싶어하지 않는다. 그의 상냥함은 저절로 우러난다. 그러려고 애쓰거나 의무감을 느껴서가 아니라, 마음이 시키는 대로 움직이는 것이다. 이 상냥함은 또한, 라지브라는 사람의 온몸에서 배어나오는 여성스러움에 기인한 것인지도 모르겠다. 상냥함에는 어딘가 여성스러운 데가 있다.

라지브가 동생에게 나를 소개하자 그가 내게 인사를 건넨다. 인사를 하는 그의 태도는 냉담하지만, 그렇다고 환대를 배제하고 있는 것은 아니다. 나는 그의 이런 태도를 거리를 둔 호의로 해석한다. 그는 배달되어온 상품들에 가격표를 붙이느라 분주하다. 방해가 될까 염려스러웠지만, 라지브는 동생이 혼잡한 가운데서도 끄떡없이 일할 수 있다고, 어떤 경우에도 주의력이 흐트러지는 법이 없다고 일러준다. 따라서 우리 대화가 동생에게 불편을 끼칠 것 같지는 않다. 이곳은 또다른 세상이다.

차를 마시는 일은 일상이 되었다. 라지브의 차는 오묘하다. 원산지를 물어볼까도 생각했었지만, 출신은 다시 화제로 삼지 않기로 마음먹었다. 특히, 혹시라도 내가 마시는 이 차가 전형적인 영국산이라는 사실을 알게 될 일을 만들고 싶지 않다. 라지브는 김이 모락모락 나는 찻잔을 들고 목구멍으로 꿀꺽꿀꺽 차를 넘기고 있다. 나는 그런 라지브를 신기해하며 바라본다. 찻잔을 입술에 대기만 하면 될 텐데도, 내게는 쉬운 일이 아니다. 라지브는 드문 유의 인간이다. 이국적 인종이라는 의미가 아니다. 내게는 그의 튀는 면과 남다른 모습이 날이 갈수록 두드러져 보인다.

이것은 단지 그의 피부색이나 터번, 또는 행동거지에서 나오는 효과가 아니라, 그의 태도 전체에 깃들어 있으며 풀어야 할 수수께끼처럼 그의 내부에 숨어 있다. 우리 모두의 내부에는 감추어야 할 어떤 것, 우리를 다른 사람들과 구별짓는 어떤 비밀이 있다. 라지브가 감추고 있는 비밀은 흉측한 뭔가가 아닐 것이다. 그의 미스터리는 마법, 혹은 연금술을 연상시킨다. 어쩌면 그는 단순히 내 상상의 산물일 뿐인지도 모른다.

라지브처럼 런던에서 태어난 사람이 어떻게 해서 어느 날 난데없이 팰머스까지 흘러들어와 정착하게 되었는지 궁금하다. 그러나 질문을 하는 것은 시기상조다. 대답은 분명히 생략적이거나 실망스러울 것이다. 좀더 시간이 필요하다. 문제없다. 내게 남아 있는 몇 안 되는 재산 중 하나가 바로 시간이 아닌가.

나는 드디어 차를 느릿느릿 규칙적으로 한 모금씩 삼키기에 이른다. 이 의식儀式 동안 우리 사이에는 어떤 말도 오가지 않는다. 라지브의 선한 눈길이 나에게 머물러 있을 뿐이다. 이렇게 해서 나는 누군가의 눈길이 사람을 구할 수도 있다고, 인간이란 종자에 대해 완전히 절망할 필요는 없다고 생각하게 되었다. 차를 다 마시고, 우리는 가게 주인과 손님으로 돌아가 흔한 거래를 한 후 헤어진다. 아무것도 바라지 않았고 아무도 두려워하지 않았던 나는 신기하리만큼 마음이 밝아져서 그의 가게를 떠난다.

밖으로 나서니 비가 그쳐 있다. 팰머스의 하늘에서 은빛 광택이 난다.

이제부터 나는 라지브를 신뢰하기로 한다. 루크에게만 말했던 것을 그에게도 밝히기로 한 것이다. 루크에게도 감방을 같이 쓴 지 이 년이 지나서야 우리가 친해졌다는 신호로 털어놓았던 것들이다.

어떻게 해서 이 정도의 신뢰감이 그토록 빠르게 자리 잡았는지는 나도 모른다. 단지 그렇게 되었다는 것만 알 뿐이다. 그냥 신뢰가 생겨나 지금 이렇게, 우리 사이에 자리를 잡았다. 견고하고도 간단하게. 그러나 우리가 이 이론의 여지 없는 확신을 입 밖에 내어 표현하는 일은 아마 없을 것이다. 하나의 관계. 하나의 포기.

"죽은 아이는 물론 제 아이가 아닙니다. 선생께서도 짐작하셨으리라고 생각합니다만. 아무 대답이 없으시지만, 저와 마주한 지 얼마 안 돼서부터 이 사실을 눈치 채셨다는 것을 알 수 있었습니다."

그렇다. 어느 날, 그의 시선에 나를 이해하고 사건을 파악하는 빛이 어렸었다. 그후로 이 빛은 그의 시선을 떠난 적이 없었다. 자신이 발견한 것을 내게 귀띔해줄 수도 있었겠지만, 그는 그러지 않았다. 대신 침묵을 택했다. 그러나 침묵을 선택함으로써 역설적으로 더욱 확실한 고백을 한 셈이 되었다. 그가 아무 말도 하지 않았다는 것이 더없이 기쁘다.

그의 눈이 살며시 감긴다. 얼굴의 나머지 부분에는 철저하게 아무 감정도 나타나 있지 않다. 타원형의 진귀한 화병처럼 요지부동이다. 이 무표정에는 그가 덧붙일 것은 아무것도 없고 방금 말해진 것에는 어떤 확인도 필요하지 않다는 의미가 담겨 있다. 나는 밀랍가면처럼 기이하게 굳은 그의 얼굴을 관찰한다. 이 정도까지의 통제력과 조심성이라니, 인상적일 따름이다.

"이 비밀은 저 혼자 조사해서 알아낸 겁니다. 말 그대로 비밀이었으니까요. 우연히 알게 된 것도 아니고, 메리앤이 말해준 것도 아니었어요."

실제로 나는 진실을 알아내고, 의혹을 확신으로 만들고, 몇 해에 걸친 위선의 세월을 청산하려고 조사를 벌였었다. 내가 아닌 다른 사람과 관련된 일인 양 수사를 했다. 사실 내가 의혹을 갖게 된 것은 아무리 애를 써도 둘째 아이가 생기지 않았을 때부터였다.

"둘째를 가지려고 했던 건 메리앤이 원했기 때문이었어요. 저는 또다시 아버지가 되고 싶은 마음이 특별히 없었으니까요. 그저 메리앤의 소망에 따른 것뿐이었지요. 임신을 하고 아이를 품고 배가 남산만 해지면 밖으로 내보내서 기르겠다는 노동자의 소망이요."

나는 이 말을 뱉어내자마자 후회했지만 도로 거두지는 않았다. 내 말이 상스럽고 거칠었음을 인정한다. 원한과, 계급에 대한 증오와, 아내에게 속아온 남편의 분노를 품고 있었음을 안다. 라지브는 이 말들이 지금 쏟아져나와야 한다는 것을, 이 고해와 속죄 의식을 제지해서는 안 된다는 것을 헤아리며 묵묵부답 속에 틀어박혀 있다.

"어느 날, 저를 아는 사람이 아무도 없는 펜잔스로 검진을 받으러 갔어요. 그때까지만 해도 마을을 벗어나면 제 얼굴을 아는 사람이 아무도 없었으니까요. 무심한 의사 한 명이 저를 맞아줬지요. 어찌나 성의가 없던지, 마치 진료실을 떠나는 즉시 환자의 얼굴을 잊어버려야 하는 임무라도 띤 것 같더군요. 그가 불임이라는 진단을 내렸습니다. 타성에 젖은, 아무렇지도 않은 말투로 불임이라고 하더군요."

의사의 거리낌 없는 태도에는 참을 수 없는 뭔가가 있었다. 그의 귀찮다는 태도는 관성과도 같았다. 그렇지만 나는 분노를 터뜨리지도, 특별히 무너지는 모습을 보이지도 않았다. 의사는 내가 예감했고 오래전부터 알고 있었던 사실을 확인해준 것에 지나지 않았다. 병원 건물 아래의 보도에서, 나는 평소보다 더 심하게 다리를 끌었다.

라지브는 무릎 위에 양손을 가지런히 모은 채 다리를 꼬고 앉아 있다. 그 모습이 옛 사람들의 우아한 태도를 연상시킨다. 그가 이렇게 말없이 내 앞에 있어주는 것만으로도 용기가 생긴다. 위안이 된다.

"펜잔스에서 집으로 돌아와, 메리앤에게는 아무 말도 하지 않았어요. 나중에는 너무 늦어버렸고요. 곧바로 말을 했어야 하는데, 그렇게 되지가 않았어요. 우연이 일을 그렇게 만들었지요. 아니면 비겁해서였든지요. 저한테도 비겁할 권리는 있는 겁니다."

납으로 봉인한 덮개가 다시 씌워졌다. 우리 사이에 자리 잡은 침묵이 자꾸만 커지더니 암덩어리처럼 모든 것을 잠식했다. 사실 메리앤은 무슨 일이 일어나고 있는지 몰랐을 것이다. 그녀는 내가 아이 아버지가 아니라는 사실을 알고 있었을까? 내겐 그걸 알아낼 증거가 없었다. 어쩌면 메리앤은 모르고 있었을지도.

메리앤은 알고 있었을까? 나는 이 수수께끼와, 절대 던져본 적 없는 질문과, 절대 얻어본 적 없는 대답과 함께 사느라 기진맥진했다. 아이의 친부가 아니라는 엄연한 현실을 안고 살아야 한다는 것과, 아이가 탄생하는 데 아무 일조도 못한 자, 아이를 수정하기 위한 행위를 다시 연출하는 것이 불가능해진 자로 살아야 한다는 것, 이것은 한 남자에게는 너무 벅찬 일이었다. 나는 그럴 준비가 돼 있지 않았다. 온화한 사람들과 마찬가지로 과묵한 사람들에게는, 성미가 활화산 같거나 자신감이 넘치는 사람들이 으레 갖고 있는 밀어붙이는 힘이 없다. 이건 오래전부터 알려진 사실이다.

"틈이 벌어졌어요. 결혼생활에서 물이 새기 시작했죠. 다른 많은 결혼들처럼, 이라고 말씀하시겠지요. 그러나 우리의 결혼생활에서는 다른 사람들보다 더 많은 물이 샜어요."

왜냐하면 우리의 결혼생활은 고약한 비밀의 무게에 짓눌려 휘고 있었기 때문이다.

팰머스의 남자와 여자는 헤어지지 않는다. 그들은 죽을 때까지 떼어놓을 수 없다. 신 앞에서 맹세를 하고 하나가 되었으니 위증죄를 지을 위험을 감수하지 않는다. 또, 부부의 연을 되돌리고는 행복을 기대할 수 없다. 그들은 으레 하는 것이기 때문에 결혼을 했다. 이전에 그들 윗세대도 기계적으로 그래왔기 때문이다. 남편들이 아내들에게 기대하는 것은 집을 잘 건사하고 아이들을 보살피는 것이다. 아내들이 남편들에게 기대하는 것은 생활비를 가져다주고 덜 피곤할 때 안아주는 것이다. 이곳에서 삶은 아주 간단하다. 이곳 사람들은 복잡미묘하지 않다. 바로 내가 산증인이다. 나 역시 다르지 않았기 때문이다.

"하긴 선생께서도 다 아시겠군요. 그러니 아무것도 모르는 사람에게 하듯이 말을 하면 안 되겠네요."

물론 라지브도 이 저주를 안다. 이곳에서는 아무도 그런 식으로 이름을 붙이지는 않겠지만. 그러나 서서히 마비되어가는 존재들의 불행이 저주가 아니면 달리 무엇이겠는가.

라지브도 팰머스의 이 숨 막히게 갑갑한 생활을 안다. 보통 사람의 아주 보잘것없는 삶들이 가게 카운터 앞으로 행렬하는 것을 보아왔기 때문이다. 그는 처음에는 혼잡한 런던을 벗어나, 휴식과도 같은 이 단순한 생활을 즐겼다. 그러나 시간이 지나자 올가미에 걸려들었음을 깨달았다. 남루하고 하찮은 것들이 삶의 모든 자리를 점령해버렸다. 이제 팰머스에서 할 일이라고는 부모들의 자리를 차지하려는 탐욕스런 자식들의 눈앞에서 죽기를 기다리는 것뿐이다. 부모들이 노동과 구두쇠 짓으로 모아둔 얼마간의 재산을 물려받으려고 안달난 자식들의 눈앞에서.

라지브는 균형 그 자체인 사람이므로, 나와 같은 생각이면서도 애써 감출 수밖에 없는 모양이다. "팰머스의 모든 면을 그렇게 혐오스런 시선으로만 볼 필요는 없을 겁니다. 어느 날 아침 절벽 꼭대기에 올라가 들이마시는 공기는 하도 신선해서 시간을 덤으로 얻은 듯한 기분이 들 정도니까요. 또 가끔씩 오후에 햇빛을 받아 반짝이는 바다를 보면 가슴이 울렁거리는 감동을 느끼지요. 저녁에 오렌지빛 하늘이 작은 만에 드리우는 광경을 보면 눈물이 나올 지경이고요."

라지브의 말은 사실이다. 그러나 그의 생뚱맞은 서정시가 모든 악의 씨앗과 독과 끔찍한 무기력을 잊게 해주지는 못할 것이다. 이것들은 고질적인 결함이다.

사실 나는 내가 떨어져서 파묻힌 도가니이자 내 존재를 엉뚱한 방향으로 이끈 주범인 팰머스가 원망스럽다. 그러나 실은 파멸과 영락에 대적하는 것이 아직 가능했던 때조차 힘을 다해 맞서 싸우지 않았던 나 자신이 더 원망스럽다. 맹목적으로 집단의 움직임만을 따랐던 나 자신이. 함정에 빠졌음을 깨달았을 때는, 이미 몸이 묶이고 난 후였다.

아이의 실종이 이 끈을 풀 수 있게 해주었다. 사건은 아이가 배에서 떨어지기 전부터 이미 일어나고 있었음을 인정해야만 한다. 사실이 그렇다. 아이의 죽음은 사건의 매듭이자 피날레, 즉 일종의 결말이자 마침표였을 뿐이다.

"아이가 죽지 않았더라면, 저는 결코 팰머스를 떠나지 못했을 거예요."

라지브는 어쩔 수 없이 몸을 움찔한다. 꼬고 있던 무릎은 풀리고 손은 죽은 것처럼 축 늘어져 하릴없이 흔들거린다. 침묵이 지나치게 무거워지자, 그가 차를 한 잔씩 더 마시자고 한다. 가게를 찾는 손님은 아무도 없다. 폭우가 보도를 쓸어내린다. 외출하거나 장을 보러 나갈 날씨가 아니다. 날씨가 나쁘면 확실히 동네 장사에 지장이 있다. 나는 라지브가 내미는 찻잔을 받아든다.

"선생을 불편하게 만들거나, 놀라게 하고 싶진 않습니다. 원치 않으면 물론 제 얘기를 듣지 않으셔도 되고, 절 쫓아내셔도 됩니다. 선생께서 하라는 대로 하겠습니다. 제가 선생 입장이었더라도 이런 얘기를 듣고 싶었을지, 또는 참고 들을 인내심이 있었을지 확신할 수 없으니까요."

"이건 박하차인데 아마 한 번도 맛본 적이 없으실 겁니다. 입맛에 맞으실지 모르겠군요."

이 기이한 파키스탄인이 나의 염려에 대답하기 위해 선택한 방식에 감사하고 싶다. 그가 망설임을 날려버리고 핵심으로 되돌아가는 데는 많은 말이 필요하지 않다. 루크 역시, 나름의 방식으로 이 미덕을 갖추고 있었다.

"말씀드린 대로 우리 가정은 차츰차츰 썩어갔습니다. 불륜 때문에 헤어지는 부부들도 있지만, 우리는 거짓말 속에서 허물어졌지요."

그보다는, 수수께끼 속에서라고 해야 할까.

그러나 이 아픔조차 느낄 수 없었던 파경의 진짜 내막은 권태에 있었다. 메리앤과 내게는 함께 나눌 수 있는 것도, 함께 할 수 있는 것도 없었다. 이것은 처음부터 분명한 사실이었으나, 인정하고 결과를 받아들이기까지는 몇 해의 세월이 걸려야 했다.

라지브는 마치 비교해보려는 듯, 자기 자신의 실제 경험과 상식에 비추어 내 통찰을 평가해보려는 듯, 혼자 생각에 잠겼다.

그의 시선은 멀리 저 깊은 내면의 물결 속으로 떠난 듯 보였다. 그의 눈은 이제 나를 보고 있지 않다. 잠깐 사이에, 나는 그의 눈 앞에서 흔적도 없이 사라진 존재가 되었다. 지금 그가 보고 있는 것은, 바로 그 자신이다. 그가 내 대리인이 되었다.

우리의 결혼식은 애초에 석연치 않았다. 우리는 시간을 허비하지 않고 의문을 갖지 않으려는 듯이 예식을 서둘렀다. 모두들 우리의 운명은 서로에게 예정되었다고 귀에 못이 박히도록 주워섬겼으며, 우리가 결혼하는 것은 너무나 당연한 일이었다. 그런데 어느 날 아침 이 모든 확신이 자취를 감추었고, 우리는 서로를 마주한 채 혼자가 되었다.

"부부로 살면서 느끼는 고독, 그 감정이 뭔지 아십니까?"

그것은 버려진 것만도 못하다. 그것은 높고 높은 벽이다.

나는 날선 말들로 라지브를 현실로 데려온다. 그는 갑작스럽게 혼자만의 생각에서 빠져나와 다시 나와 마주한다. 이제 다시 그의 눈앞에는, 보일 듯 말듯 희미하게 어린 원통함으로 핏기 없이 하얗게 질린 내 얼굴이 있다. 그러나 창백한 내 표정에는 결심이 서려 있다. 일단 이야기를 시작한 이상, 여기서 멈출 수는 없다.

"우리의 파경은 무관심에서부터 시작됐어요."

우리는 서로에게 관심을 기울이길 멈추었다. 서로를 염려하는 것을, 상대 때문에 가슴 떠는 것을 멈추었다. 더는 욕망이나 애틋함조차 느끼지 못했다. 아이의 탄생은 집 안에 새로운 활기가 아니라 또다른 혼란을 가져왔다. 더구나 아이는 비합법적 사랑의 열매였다. 메리앤은 집에서 얻지 못한 것을 다른 곳에서 찾아야 할 필요성을 느꼈을 것이다. 한발 물러나 생각하면, 이것은 그녀를 가혹하게 몰아세울 일도 아니다. 만일 삶에 대한 의욕이 좀더 있었더라면, 아니 그보다는 용기와 대담함이 있었더라면, 나도 메리앤 못지않았을 것이다.

사실, 완전히 솔직해지자면 방금 한 말에는 거짓이 포함되어 있다. 내가 다른 데로 눈을 돌리지 않은 것은 비단 용기의 문제만은 아니었기 때문이다. 기회가 닿지 않았던 탓도 있었다. 사건이 일어나지 않았더라면, 중간 휴지休止가 없었더라면, 물론 나는 지금의 내가 되지 못했을 것이다. 아닌 게 아니라 지금 하고 있는 나의 독백에는 전에 없이 열의가 담겨 있고, 주의를 끌려는 욕망이 묻어난다. 라지브는 아무 감정도 드러내지 않은 채, 몇 모금에 걸쳐 차를 삼키고 있다.

"그러고는 짜증이 잦아졌죠."

우선은 일상에서 쌓인 분노의 감정으로 시작해 나중에는 아무것도 아닌 일로 하루가 멀다 하고 다투게 되었다. 어느 부부나 툭탁거리게 마련이지만, 노상 싸움질을 함으로써 비루함과 악다구니 속에서 헤매는 부부는 몇 되지 않는다. 옷가지가 아무 데나 널려 있거나, 식사가 제때 준비되지 않거나, 장보는 것을 잊거나, 둘 중 한 명에게 미리 말하지 않고 이웃 사람들을 초대하는 일이면 싸울 이유는 충분했다. 우리는 우리의 일상을 이루는 구성요소들로 충돌했다.

세상의 모든 부부가 이런 종류의 낭패감을 겪을 것이다. 당장 라지브도 내게 이 점을 환기시킬 수 있을 것이다. 그러나 그는 그런 식의 일반화는 내 경우에 맞지도 않고 적당하지도 않다는 걸 아는 것처럼, 침묵을 고수한다. 메리앤과 내가 처한 상황의 특수성을 인정하는 것이다. 그것들이 재앙의 예고편이었음을 이해하는 것이다.

"그다음에는 원한이랄 수 있는 감정들이 조금씩 깊어갔어요."

우리의 삶에는 행복이 없고, 우리가 어두운 일상의 구렁텅이에 빠져버렸으며 아주 사소한 계획도 미리부터 포기하고 세워볼 생각조차 해본 적 없다는 자각이 서로에 대한 원망으로 쌓여갔다. 희한한 것은, 바로 이 부분이다. 만일 우리가 터무니없는 계획일지라도 세워보기나 했더라면, 이 마을을 떠나 다른 곳에 정착해 다른 삶을 꾸릴 것을 고려해보기라도 했더라면, 적어도 우리가 포기한 것들의 무게를 가늠할 수는 있었으리라. 그러나 이런 생각들은 결코 해본 적이 없었고, 우리 사이에는 서로에 대한 독기만 깊어갔다.

라지브가 몸을 앞으로 기울여 자기 잔에 새로 차를 따른다. 나는 여전히 찻잔에 손도 대지 않은 채다. 그가 불빛이 시원치 않은 가게 뒤편에서, 의자에 다시 몸을 묻으며 몇 마디를 중얼거린다. 일단 문장들이 끝을 맺은 후에야 무슨 뜻인지 알아들을 수 있었다.

"그래요, 우리가 체념한 것들…… 거기에 대해서는 할 말이 많을 겁니다. 그러나 잘 생각해보면 그 모든 것이 그렇게까지 이상한 일도 아니죠."

"나중에는 서로를 더 참고 봐줄 수 없는 지경에 이르렀습니다."

상대를 참을 수 없었고, 상대의 존재를 참을 수 없었으며, 때로는 목소리조차 참기 힘들었다. 이런 감정은 서로의 시선과, 각자가 고집하는 침묵 속에서 느낄 수 있었다. 그러다가 침묵이 깨지면, 시비를 걸고 원망하는 말들이 튀어나왔다. 꾹꾹 눌러담았던 모든 말들이 폭발했다. 아이는 이 장면들의 관객이었다.

아이라는 말이 나온 순간, 라지브의 몸이 다시 굳는다. 의자 등받이에 기댄 등이 꼿꼿해진다. 아마도 나를 감옥에 보낸 것이 아이라는 사실과, 우리가 일방통행인 이 대화를 시작하게 된 것도 아이 때문이라는 사실을 잊지 않은 것이리라.

"정확한 날짜는 기억나지 않습니다만, 언제부터인가 아이의 위상이 바뀌게 되었어요. 우리 싸움의 볼모가 된 겁니다."

아이는 우리의 전쟁과 지진의 진원이 되었다. 물론 아이는 아무것도 요구하지 않았지만, 우리의 일시적인 기분과 질투심과 심술에 따라 이리 차이고 저리 차이는 신세가 되었다.

"그때 생각만 다시 하면, 모든 게 구역질이 납니다."

라지브의 동생이 가게 뒤편으로 건너온 것은 바로 이때이다. 그의 출현은 숨통을 틔워주는 산소와 같다. 그의 존재는 방해가 되지 않는다. 그를 무시하고 의식하지 않아서도, 사람들이 흔히 식당 종업원 앞에서 그에게 들리건 말건 거리낌 없이 자기들끼리의 흉허물이나 비밀을 털어놓듯이 소홀히 여겨도 되는 존재로 생각해서도 아니다. 그는 형보다도 더 조심스런 사람이어서 옆에 있는 것이 거북살스럽지 않은데다, 걸음걸이도 고양이같이 살근거리고 존재 전체에서 편안함이 풍기기 때문이다. 나는 하던 말을 거의 중단하지 않는다. 다만 라지브가 동생에게 던지는 엄숙하고 슬픈 공모의 눈길을 잡아채느라, 이야기를 잠시 한 박자 늦췄을 뿐이다.

"나중에는 제가 먼저 끈을 놔버렸어요. 믿지 않으셔도 좋지만, 정말로 어느 순간이 되자 저는 싸움을 그만뒀습니다."

갑자기 모든 것이 너무나 격렬해지고 잔인해졌고, 독기 서린 말들이 엄청나게 쌓여갔다. 메리앤의 부정을 면전에 대고 퍼부어 상황을 악화시킬 수도 있었을 것이다. 그러나 나는 감히 그 문제를 들춰내지 못했다. 선을 넘을 수는 없었다. 그래서 기권했다. 체념하는 수밖에 도리가 없었다. 침묵하기. 영원히 숨어버리기.

또다시 기권이라는 말이 나왔다. 이 단어에 라지브의 관심이 새롭게 증폭된다. 라지브가 런던을 떠나 팰머스에 정착한 이유가 포기 때문임을 추측할 수 있다. 달리 무엇일 수 있겠는가? 그런데 대체 무엇을 포기한 것일까? 혹은 누구를? 이런 질문들을 해보아야 할 것이다. 그러나 지금은 내 이야기를 하는 중이라고 아주 이기적으로 생각해버린다. 앞에 앉아 있는 남자도 기꺼이 이것을 인정해주고, 입을 꾹 다물고 내 이야기에 귀를 기울이고만 있다. 분명히 그 자신도 풀어놓을 사연이 많을 테지만.

"제 침묵도 메리앤을 멈추게 하지는 못했어요."

메리앤, 그녀는 전쟁을 계속했다. 그것은 집착과 피해망상이 되어갔다. 토악질이 날 때까지, 되돌아올 수 없는 지점에 이를 때까지, 용서할 수 없는 말들과 용납할 수 없는 행동들이 나올 때까지 가보려는 것 같았다. 그러나 이상하게도 이 모든 과정 동안, 이혼이라는 단어는 결코 거론되지 않았다. 탈출구가 될 수도 있었을 텐데, 그런 식으로는 결론이 나지 않았다. 나로 말하자면 그럴 엄두를 내지 못했고, 메리앤으로 말하자면 그녀의 머릿속에서 이혼이라는 단어는 패배와 동의어였기 때문이다. 어쩌면 우리 둘 다, 다른 사람들처럼 어리석게도 '아이가 있기 때문에'라고 생각했을지도 모른다.

아이가 있기 때문에…… 얼마나 많은 결혼이 오로지 이 한 문장 덕분에 유지되는가? 얼마나 많은 남자와 여자가 모든 매듭이

풀어졌음에도, 자식 때문에 같이 살며 끈을 붙들고 있는가? 아들과 딸의 장래를 위해, 얼마나 많은 존재들이 뒤죽박죽이 되는가? 단지, 최종 '공동재산'이 자식이라는 이유 하나로 함께한 세월들이 얼마나 될까?

뒤늦게 이 모든 악과 수렁에서 벗어나야 한다는 생각이 차츰 차츰 찾아들었다. 이 생각은 별안간 느닷없이 찾아든 것이 아니라, 점차 머릿속에 파고들고 스며들었다. 그러던 어느 날, 한 가지 생각이 믿을 수 없을 만큼 눈부시고 선명하게 떠올랐다. 누군가가 죽어야 했다. 죽음만이 마침내 우리를 끝장내줄 수 있을 것이었다.

"만일 강제가 아니었더라면 저는 팰머스를 떠나지 못했을 거예요. 사건이 필요했어요."

드디어 라지브가 입을 열어 맥없고 체념한 목소리로 내 말을 반복한다. "누군가가 죽어야 했다." 내 독백에 보기 좋게 끼어든 이 문장, 예기치 않게 방점을 찍은 이 문장 때문에, 나는 바로 나 자신이 한 말인데도 등골이 오싹해진다. 라지브가 나를 무덤 속으로 끌고 들어가기라도 한 것처럼, 그의 말이 무시무시한 메아리가 되어 울린다.

"제가 없어질 수도 있었을 겁니다. 솔직히 그러려고 생각했었고요. 하지만 용기가 없었어요. 결국 제가 아직도 이렇게 버젓이 살아 있는 건 비겁하기 때문입니다."

그렇다. 자살의 진짜 적은 물론, 비겁함이다. 그렇다면 자살의 든든한 오른팔은 명철한 무언가가 될 것이다. 그렇지 않은가?

적어도 자살이 피로를 감당할 수 없게 된 몇 초의 우발적인 순간에 지나지 않는 것이 아니라면.

"메리앤을 없앨 수도 있었겠죠."

어쨌든 메리앤은 내 모든 고통의 원천이었고, 망가지고 손상

된 존재의 상징이었다. 그러나 나를 붙든 것은 놀랍게도 사랑의 추억이었다. 행복하고 발랄했던 시절에 대한 추억과, 학교 운동장에서 메리앤이 내 한심한 다리를 놀리던 아이들에게서 날 보호해주었던 기억. 이 어렴풋한 서광이, 이 레미니슨스가 나를 가로막았다.

우리 모두는 어린 시절과 잃어버린 청춘에 갚을 수 없는 빚을 지고 있다는 생각이 든다. 우리가 그 시절을 미화하는 것은, 정확히 말해 그 시절이 잃어버린 것이기 때문이다. 그 순수하고도 모든 것이 가능할 것 같았던 순간들이 아쉬움을 살찌우기 때문이다.

"그러고 나니 남은 건 아이였어요."

내 아들이 아닌 그 아이, 메리앤의 부정으로 맺힌 열매, 내 무능의 이면裏面.

"네, 라지브 씨, 나는 아이를 죽일 것을 진지하게 고려해봤습니다."

물론 이런 말에는 뭐라고 대꾸할 말이 없다. 침묵을 강요하고, 대답을 금지하는 말이다. 이런 정신 나간 말, 참을 수 없는 말에 우리는 그저 무방비 상태, 무능한 상태가 된다. 얼이 빠져 금지

당한 채, 할 말과 행동을 잃게 된다. 완전히 두 손 두 발 다 들게 되고, 모골이 송연해진다. 그리고 드디어, '입에 담지 못할' 말이 어떤 종류의 말인지 알게 된다. 우리가 수많은 세월을 통과해 온 것은, 결국 이 말의 의미를 깨닫기 위해서인지도 모른다. 이 말의 의미를 이해하는 순간부터, 우리는 순수를 잃게 된다. 야만에 발을 들이게 된다.

"그러나 결국은 아이를 죽이지 않았습니다."

알려진 사실은 그 반대이며, 모든 정황이 내게 불리하고, 당시 내가 했던 증언도 이 사안을 무효화하지 못했으며, 법원에서도 나를 죄인으로 판결했음을 부인하지는 않겠다. 그러나 나는 눈썹 하나 까딱하지 않고 선언할 수 있다. 특히 방금 전 라지브에게 고백하고 털어놓은 말에도 불구하고. 그렇다. 나는 아이를 죽이지 않았다.

물론 이것이 변명이 될 수는 없다. 직접 죽인 게 아니라는 사실로 죗값이 가벼워지지 않는다는 것을 잘 알고 있다. 다른 사람들이 그런 식의 결론을 내리는 것이 원망스럽더라도. 단지 직접 행동에 옮기지 않았다는 이유만으로 죄를 털어낼 수는 없다. 자기 자신과의 문제인 가책이라는 것이 남아 있기 때문이다. 그러나 내 안의 잔혹성은 인면수심으로 기울지 않았고, 영혼은 타락했을지언정 나 자신을 완전히 잃어버리는 지경까지 이르지는 않았다. 나는 돌이킬 수 없는 짓을 저지르지 않았다.

나는 돌이킬 수 없는 짓을 저지르지 않았다.

"그날은 일요일이었고, 모두가 말리는데도 우리가 바다로 나갔던 건 사실입니다."

신호기信號旗는 빨간색이었고, 일기예보에서는 어부들과 뱃놀이하는 사람들에게 주의를 당부했으며, 바다에는 풍랑이 일었다. 내 어선 또한 새것이 아니었다. 심지어 낡고 흉한 쪽배라고 단정하는 사람들도 있었다. 이 모든 것이 정확한 사실이다. 이것에는 이의가 없다.

라지브는 선원이 아니지만, 폭풍우가 예고된 날씨에는 익숙하다. 그럴 때면 하늘은 낮고 무겁게 가라앉으며, 바람은 거세고, 파도는 절벽에 부딪혀 부서지며, 항구에는 돛대가 흔들리는 소리가 울려 퍼진다. 인적 없는 부두에는 소나기만 억수같이 퍼붓고, 사람이 살지 않는 별장의 허술한 덧문들은 덜컹거리며, 세차게 내리는 비는 영영 그치지 않을 것 같다. 라지브는 이 재앙의 전조를 안다.

그러나 사람들은 일기조건이 열악하거나 빨간 깃발이 꽂혀 있을 때도 바다로 나가는 어선이 많다는 것을 너무 자주 잊는다. 나는 출항이 공식적으로 금지되었을 때 고기잡이를 하러 나간 팰머스의 사람들을 수없이 열거할 수 있다. 나 역시 온순한 바다만 좋아하는 뱃사람은 아니었다. 바다에서가 아닌, 집 안에 가만히 앉아서는 배울 수 없는 중요한 것이 있다. 바다를, 나는 안다. 더구나 내 어선의 상태는 다른 이들의 어선보다 특별히 나쁘지도 않았다. 법정 관계자들조차 내 어선이 비교적 튼튼하다는 것을 인정했다.

"어쨌든 저는 그 어선을 타고 항구로 돌아왔으니까요. 아무런 손상도 없었고요."

아무런 손상도 없었다. 아이만 있었다면.

아이는 출항한다는 사실에 잔뜩 들떠 있었다. 바다에 나갈 채비를 끝냈을 때는 당해낼 수 없는 말썽꾸러기처럼 난리법석을 피웠다. 바다와 힘겨루기라도 하는 듯했고 바다보다 더 강한 것처럼 보였다. 아이는 양팔을 흔들며 비행기 흉내를 내면서, 좌우로 방향을 바꾸어 달려나갔다가 되돌아오기를 몇 번이나 반복했다. 위험이라고는 느끼지 못하는 모습이었다. 아니면 위험에 도전했던가. 나는 아이에게 조심하라고, 좀 얌전히 있으라고 소리를 질렀다. 그러나 녀석은 내 말을 듣지 않기로 작정한 것 같았다. 위험할 건 아무것도 없다고 생각했으리라. 아이의 확신에 찬 동작에서 그 순진무구한 생각을 읽을 수 있었다.

"아니면 죽는 게 두렵지 않았던가요."

내가 '죽다'라는 동사를 사용할 때마다 라지브가 소스라친다. 이 불편해하는 기색에서 개인적인 공포나 아픈 기억을 추적해봐야 하는지는 모르겠다. 만일 언젠가 기회가 닿는다면 이 문제에 대해 물어볼 것이다. 그러나 과연 그가 대답을 해줄까?

"저는 아이를 관찰했어요. 그러자 살해욕구가 증발하더군요. 살 날이 창창한 어린아이의 목숨은 건드리는 게 아니라는 걸 깨달았어요."

아이가 구명조끼를 벗어던졌을 때 나는 별반 신경 쓰지 않았다. 얼음같이 찬 빗물과 우리가 헤쳐나가는 파도의 거품에 쓸려 축축해진 갑판 위에서 아이가 미끄러졌을 때도 놀라지 않았다. 단지 이렇게 생각했을 뿐이다. 그럴 줄 알았다. 그러고는 저 나이 때쯤에 나도 항구의 보도에서 미끄러졌다는 걸 떠올렸다. 나처럼 다리를 질질 끄는 장애라도 생긴다면, 그건 너무 어리석다. 동시에 이 생각은 내게 솔깃한 것이기도 했다.

이 불구로 아이는 마침내 내 아들이 될 수 있을까? 장애 덕분에 내가 아이의 아버지가 될 수 있을까? 똑같이 손상을 입었다는 것이 어떤 연緣을 만들어낼 수 있을까? 아이는 절름발이라고 불릴 수도 있을 것이다. 학교에서 쉬는 시간이 되면 놀림을 당할 수도 있을 것이고, 또다른 메리앤이 지켜주러 올 수도 있을 것이다. 불행한 삶을 살게 될 수도 있으리라.

"시간이 지나도 아이가 일어나지 않아서 가까이 가봤어요. 장터의 곡마단처럼 흔들리는 배에서 저까지 넘어지지 않게 조심하면서요. 처음엔 관자놀이에 흘러내린 핏자국을 못 봤어요. 아이의 손이 얼음장 같았지요. 그 차가움에 한 대 얻어맞은 것처럼 충격을 받았습니다. 아이를 안아올려 몸을 제 쪽으로 돌렸을 때, 그 뒤집힌 눈과 뒤틀린 입과 피를 보고 공포에 사로잡혔지요. 두려움으로 온몸이 굳어서, 곧 시신을 손에서 놓쳐버렸어요."

죽은 사람의 모습은 예외 없이 추하다고들 한다. 그때까지 나는 죽은 사람을 본 적이 한 번도 없었다.

시신을 만져본 경험이 우리를 다른 사람들과 다르게 만들까? 그렇다.

"아이는 즉사했어요. 확실합니다. 단번에 죽은 거예요. 고통은 조금도 없었을 겁니다. 순식간의 일이었지요."

내 팔에 안긴 아이는 기척이 없었다. 몸에서 이미 모든 생명이 떠난 후였다.

"의심의 여지가 없었어요. 죽은 아이의 몸은 자고 있는 아이의 몸하고는 전혀 달라요."

초보 부모일 때는, 어느 날 아침 평화롭게 자고 있던 아기를 죽은 채로 발견하게 되지나 않을까 하는 종류의 두려움을 겪는다. 그랬다가 아무 소리도 들리지 않는데도 아이가 숨쉬고 있는 것을 알아보고, 손끝으로 쓸어보지 않고도 아이의 온기를 느끼며, 보일 듯 말듯 오르락내리락하는 자그마한 가슴과 희미하게 떨리는 눈꺼풀과, 아주 조그마한 원을 그리며 달라붙어 있는 입술 속으로 생명이 흘러들어가는 입을 보게 된다. 그러면 온몸을 마비시키던 순간적이고도 지독한 공포는 홀연히 사라진다. 그것이 엄습했을 때와 마찬가지로.

얼마 동안이나 그렇게 죽은 아이를 부둥켜안고 있었을까? 모르겠다. 넘실대는 물결에 더해 비마저 세차게 쏟아지면서 여기저기로 물이 새어들어, 배는 금방이라도 뒤집힐 것 같았다. 아이가 죽은 순간은 소름끼칠 정도로 생생하게 기억나지만, 그뒤에 일어난 모든 일은 흐릿하고 혼란스럽고 뒤죽박죽이다. 의심을 사고도 남을 말이지만, 엄연한 진실이다.

"그날 일어났던 일을 저보다 더 잘 말할 수 있는 사람은 아무도 없을 거예요."

미동도 없이 내 말에 귀 기울이던 라지브가 별안간, 한 마디 쐐기를 박는다. "그런 일은 꾸며낼 수 없는 겁니다." 그리고 곧바로 다시 입을 다문다. 라지브가 옳다. 그런 일은 꾸며낼 수 없다.

"또 무슨 말씀을 드릴 수 있을까요. 죽은 아이와 함께 항구로 들어가는 건 도무지 상상이 되지 않았습니다."

정확히 그랬다. 문득 아이의 시신을 짊어지고 항구로 돌아갈 수는 없다는 생각이 들었다. 이유는 설명할 수 없다. 그러나 머릿속에서 그 생각만큼은 분명했다. 아이를 데리고 나갔다가 시신을 떠메고 들어갈 수는 없는 거야. 그것은 죄의식의 문제도, 사람들이 내 얼굴에서 잠시나마 품었던 살해의 의도를 읽을지도 모른다는 불안도 아니었다. 과실이나 범죄의 무게는 전혀 느끼지 못했다. 이 감정을 어떻게 설명할 수 있을까? 죄책감은 전혀 느끼지 못했다. 다만, 생명이 빠져나간 시신을 부둥켜안고 나니, 그 시신을 도로 가져가는 일은 할 수 없었을 뿐이다.

라지브는 처음으로 내 말을 끊고 단호하고도 현기증 나는 문장을 내뱉었다. "그래서 선생은 아이를 배에서 밀어버린 겁니다." 그는 질문을 하지 않고 답을 제시한다. 그의 어조는 확신에 차 있다. 그 권위에는 토를 달 수 없다. 그 혜안에 소름이 돋는다.

"네, 저는 아이를 배에서 밀어버렸어요."

그랬다. 나는 미치광이 같은 짓을 했다. 아이를 죽인 바다에 아이를 돌려주었다.

"뱃사람 식으로 무덤을 만들어준 겁니다."

항해중에 사람이 죽었을 경우, 뭍에 닿으려면 며칠이 걸릴 것 같을 때 이런 식으로 한다. 시신을 담요로 싸서 윗갑판의 난전에 올려놓고 기도한 후, 물결이 즉시 삼켜버리도록 유해를 밀어버린다. 물론 우리는 해안에서 멀리 떨어져 있지도 않았고, 나는 아이 영혼의 안녕을 위해 어떤 신에게도 기도를 올리지는 않았지만. 그냥 아이의 시신을 가지고 돌아올 수 있었을 텐데도, 나는 미친 짓을 하고야 말았다. 그러나 그 순간만큼은 이 미친 짓이 아주 이성적인 행동처럼 여겨졌다.

마침내 육지에 도착했을 때, 나는 겁에 질려 고통스러워하며 정신이 나간 것처럼 연극을 했다. 도움을 요청했고, 절망에 찬 몸짓을 흉내냈다. 울기도 했다. 내가 제대로 기억하는 거라면 우는 데 성공했던 것 같다. 그러나 나는 진정으로 고통을 느끼지는 못했다. 그것은 거의 설명이 불가능한, 또다른 감정이었다.

"뭔가 끔찍한 안도감 같은 거였어요."

다음 날, 팰머스 사람들이 시신을 찾아나섰지만 허사였다. 그들이 빈손으로 돌아온 것을 보고도 나는 놀라지 않았다. 아이가 완전히 사라졌으며, 아이를 바다에 맡김으로써 내가 그애를 영원히 삼켜버린 거라는 직감이 들었다. 아마도 그랬기 때문에 슬픔에 휘둘리지 않았을 것이다.

"상喪이 완수된 겁니다."

라지브가 덧붙인다. "모두가 나름의 방식으로 상을 완수하지요." 그러고 나서 찻주전자 밑에 불을 붙이고 차를 준비한다. 사람들이 신선한 공기를 필요로 하듯, 그는 목구멍을 불태우는 액체를 필요로 한다. 이쯤에서 이야기를 그만할 수도 있을 것이다. 아마 내 대리인도 내가 그만했으면 하는 바람에서 찻주전자를 가지고 부산을 떠는지도 모른다. 그러나 이제 나는 너무 멀리

와버렸다. 거리를 헤아리지 않고 생각 없이 헤엄쳐온 수영선수와 같다. 너무 멀리 헤엄치는 바람에 더는 해안이 보이지 않지만, 올바른 방향을 찾아 계속 팔을 휘둘러 헤엄치다가 익사하고 마는.

아이의 익사는 나와는 반대로, 다른 모든 사람들에게는 시작에 불과했다. 사람들은 우선 충격 속에서 설명과 해명과 매달릴 만한 구체적인 실마리를 찾으려 했다. 이 모든 것에서 의미를 발견하고자 했을 것이다. 그들은 수사에 관심을 기울이고 재판이 시작되기를 기다렸다. 실제로, 그들은 사건의 전모를 진정으로 이해해보려고 노력했다. 그러나 결국 포기하고 사건에 단순하기 짝이 없는 말들을 갖다붙였다. 형용사들을. 그러고 나서는 잊으려 애썼다. 그러는 데는 적지 않은 시간이 걸렸다.

"저로서는 아이의 몸이 차갑게 식은 것을 느끼자마자 모든 것이 끝났음을, 자유가 되었음을 알았습니다."

좀 이상하게 들리거나, 단어를 잘못 선택한 말처럼 여겨질지도 모르겠다. 나를 기다리고 있는 것은 감옥이었기 때문이다. 그렇지만 나는 이 말을 고집하겠다. 그때껏 흘러와 끝장난 세월들에 비하면 감옥은 아무것도 아니었다.

"저는 두렵지 않았어요."

나와 팰머스 사람들의 진짜 결별은 이 어긋남에서 시작되었다. 그들은 한 죄인을 응시했고, 나는 나 자신이 이미 자유의 몸이 되었음을 느꼈다. 그들은 사건의 표면만을 보았다. 사실 나는 그들을 앞질러버린 것이었다. 그들이 영원히 나를 따라잡을 수 없도록.

"저를 고소한 건 메리앤이었어요."

그녀가 재판의 길을 열었다. 변호사를 풀어 내 옷자락의 냄새를 맡게 한 다음, 쫓아가 정강이를 물라고 명령했다. 나는 저항하지 않고 먹이가 되길 받아들이기로 작정했던 터라 그 악착스러운 마지막 증오심이 쓸데없는 것임을 알려주고 싶었다. 그러나 절차의 끝까지 가야 했다. 선고받는 것을 감수해야 했다. 그보다 더하게는, 이미 받은 선고를 다시 한번 받아들여야 했다.

여자들에게 가능하지 않은 일도 있을까? 특히 어머니들에게? 메리앤은 내게 그녀의 빼앗긴 이십 년 세월과 잃어버린 아들에 대한 대가를 치르게 해야만 했을 것이다. 그렇게 해야 할, 막을 수 없고 억누를 길 없는 필요를 느꼈을 것이다. 그것은 고름을 짜내고 울분을 삭이고 독을 뽑아내기 위한 그녀 나름의 방식이었다. 또한, 정신이상이 되지 않고 슬픔에 휩쓸리고 휘둘리지 않기 위한 수단이기도 했다. 아니면 그저 단순히 살아 있기 위해서였는지도 모른다. 메리앤을 탓하지 않는다.

“재판이 진행되는 동안, 모든 정황이 제게 불리하게 돌아갔습니다.”

일기예보의 경계주의보, 빨간 신호기, 아이가 전혀 걸친 적이 없었던 듯 배에 남아 있던 구명조끼, 시신의 부재. 그리고 마을 주민들이 내게 쏟아붓는 증오. 왜냐하면 나는 이제부터 왕따이자 몹쓸 놈이고 괴물이었기 때문이다. 법정에 소환된, 그 무엇에 대한 증인도 아닌 모든 증인들이 증언을 했다. 그들 중 한 명은 심지어 내 한심한 다리를 내 박약함의 증거로 거론하기도 했다. 사람들이 그리는 내 초상화에서 내 모습은 알아볼 수 없었다.

“어느 순간부터는, 그들의 말을 듣지 않게 되더군요.”

라지브가 끼어든다. "선생은 이상적인 죄인이었던 겁니다. 말씀하신 대로, 사람들은 단순한 것이라면 득달같이 달려듭니다. 선과 악만 알 뿐이지요. 선생은 다른 가능성의 여지 없이 악이었습니다. 이 점이 그들을 안심시킨 거지요. 그들의 증오는 거의 정의로운 행동이자 시민정신이 되었으니까요."

라지브가 나에 대해 하는 말은 그 자신에 대해 하는 말처럼 들린다.

"변호사는 고용하지 않았어요. 변호할 생각은 애초부터 없었으니까요. 이런 태도를 심지어 유죄를 인정하는 것으로 여기는 사람들도 있더군요. 그러나 물론 그건 다른 이유에서였습니다. 영원히 끝장내기 위한 것이었지요. 네, 그 모든 것에서 벗어나기 위해서였습니다."

어쨌거나 최고형을 받지 않으려면 아무것도 하지 말아야 했다. 그보다 더하게는, 극형도 달게 받겠다는 자세를 취해야 했다. 그러려면 위기상황에서 빠져나오려는 의지가 투철해야 한다. 그 같은 신체 절단을 요청하려면 종양이 극도로 위험한 수위까지 퍼져 있어야 한다. 그렇게 미리부터 앞질러 도망가려면 더

잃을 것과 바랄 것이 아무것도 없어야 한다. 한계에 이르고 돌아올 수 없는 지점까지 내몰려야 한다.

메리앤이 증인석에 출두했을 때 법정 안에는 죽음과도 같은 침묵이 흘렀다. 하나밖에 없는 아들을 잃은 어머니에 대한 존중과 동정심과 보편적인 슬픔을 나타내는 침묵이었다. 그러나 또한, 격투와 난투와 결판내기를 참관하러 온 자들의 기대에 찬 침묵이기도 했다. 주민들은 피가 흐르는 것을 보고 싶어하고 싸움이 거칠어져서 '마지막에 가서는 누구 하나가 죽기'를 원한다.

라지브가 내 말을 이어받는다. "사람들은 피를, 남의 피를 좋아합니다. 피 냄새를 좋아하지요. 우리 아버지는 인간이 두 발로 설 줄 알고 원초적 본능을 다스리는 법을 배웠을 뿐인 동물에 지나지 않는다는 점을 늘 상기시키셨지요. 그렇지만 인간에게 피를 들이대보십시오. 금세 다시 짐승으로 돌변할걸요." 유배된 가족이 어느 날 이 동물적인 사나움에 대면했었으리라는 것을 짐작하기란 어렵지 않다.

언젠가는 그날 아침 메리앤이 법정에서 했던 말을 옮길 수 있는 힘을 내 안의 깊은 곳에서 길어올릴 수 있을지 모른다. 그러나 오늘은 그간 흐른 세월과 감옥에 갇혀 있었던 시간에도 불구하고, 아직 너무 이르다. 내가 아닌 다른 사람들은 그날 있었던 일을 얘기할 수 있을 것이다. 아니, 그 정도가 아니라 누가 묻기만 하면 기다렸다는 듯이 얘기할 것이다. 이야기의 꽃망울을 터뜨리기 위해서는 살짝 건드려주는 것만으로도 충분하다. 그러면 그들은 행복해할 것이다. 그날 아침, 방청석에 앉아 있던 사람들은 아무것도 잊지 않았을 것이 확실하기 때문이다. 그들은 단어 하나하나를 기억할 것이다. 메리앤의 입에서 나온 단어들은 검사의 논고와도 같았다.

"그녀의 말은 진짜 판결문 같았어요."

라지브는 아무런 토를 달지 않는다. 나를 비난하지는 않지만, 자식을 잃은 어미의 고통을 존중하는 것임이 분명하다. 그도 나처럼 자식의 죽음은 세상의 모든 고통 위에 있고, 그 자체로 비할 데 없는 비극이며, 그 옆에서 다른 모든 고통은 하찮다는 것을 안다.

"저를 봐주는 건 아무것도 없었어요. 만일 선생께서도 그 학살식에 참관하셨더라면, 팰머스 사람들이 그때부터 지금까지 제게 품고 있고, 앞으로도 결코 꺼지거나 약해지지 않을 이 증오심에 놀라지 않으셨을 겁니다."

메리앤의 증언은 정확하지 않았다. 많은 어림짐작과 몇몇 거짓말이 포함되어 있었다. 특히 우리의 결혼생활에 대해 언급할 때는 자기를 성녀로, 나를 천하에 몹쓸 놈으로 만드는 식이었다.

사실 우리는 세상이 흑과 백으로, 무고한 사람들과 죄인으로, 성자와 악한으로 구성되어 있기를 바란다. 분명하게 그어진 선은 우리를 안심시킨다. 그러면 우리는 그 속에서 각자에게 주어진 일과 역할에만 충실하면 된다. 회색은 우리가 상관할 바 아니다. 흑과 백, 둘 중 하나가 아니고 그 사이인 것은 어디에 위치시켜야 할지 알 수 없다. 경계선은 명확하게 정해지고 그어져야 한다. 그럼으로써 우리는 어느 쪽에 위치하느냐에 따라 어느 편이라고 말할 수 있는 것이다. 분명하고 뚜렷하고 곧은 것이 필요하다. 그러나 내게는 현실은 그 반대라는 생각이 들게 하는 일이 종종 일어난다. 내 머릿속 생각을 읽고 있는 듯 라지브가 나직이 읊조린다. "빛과 그림자는 분리할 수 없다고 배웠습니다."

"저는 메리앤의 말에 한 번도 이의를 제기하지 않았어요. 따지고 보면 그녀가 옳았을지도 모르겠어요. 조작된 진실도 옳을 수 있는 거니까요."

나는 자신들이 변호하는 가치와 판결을 확신하는 시민 배심원단으로부터 엄한 선고를 받았다. 과실이라는 죄목이 내게 불리하게 작용했다. 그러나 만일 살해라는 죄목을 구성할 수만 있었다면 그렇게 했을 것이다. 배심원들은 내게 살해 의도가 있었다는 증거를 구성하지 못했지만, 그들의 머릿속에서 이 의도는 의심의 여지가 없는 것이었다.

단 몇 분 상관으로 그들이 옳았을지도 모른다. 아이가 죽기 직전까지만 해도 나는 그애가 없어지는 것이 바람직하고 심지어 필요한 일이라고 여겼다. 그럼에도 정작 아이가 죽자, 완전히 망연자실했다. 아이를 죽이는 데는 내게 없는 어떤 능력이 요구되는 걸까?

"선고가 내려졌을 때, 이런 생각이 들더군요. '됐다, 이번에야말로 영원히 팰머스를 떠나게 되는구나.'"

재판 결과에 따라, 나는 스톤헨지 감옥으로 이송되었다.

육체적이고도 구체적이었던 그때의 해방감이 아직까지도 생생하게 기억난다. 무거운 짐을 내려놓은 기분, 내가 아니었던 존재와 끝장을 내고 마침내 운명을 통제할 수 있는 상황을 눈앞에 둔 기분이었다. 자기 자신이 되는 데, 되어야만 하는 사람이 되는 데 오랜 시간이 걸리는 사람들이 있다. 나도 그들 중 한 사람이다.

"복수의 갈증을 채우러 돌아왔다고 생각지는 마십시오."

나는 앙갚음을 하거나, 분란을 일으키려고 돌아온 것이 아니다. 그런 것과는 전혀 관련이 없다. 용서를 구하려고 온 것도 아니다. 사실 나는 어떤 사람이 나를 찾아오기를 기다리고 있고, 그가 나를 찾을 수 있는 곳은 오직 이곳뿐이기 때문에 여기로 왔다.

"그래요, 저는 누군가를 기다리고 있습니다."

라지브가 놀라는 기색 없이 나를 바라본다. 그는 내 이야기를 들었다. 남김없이 들었다. 그러나 그는 내가 말하기 전부터 내 이야기를 알고 있었다. 이 사실은 이야기를 끝낸 지금, 더욱 확실해 보인다.

라지브가 내게 시선을 고정한다. 그러나 평가하려는 눈길은 아니다. 그는 내가 죄인도 아니며, 결백하지도 않다는 것을 알고 있었다. 그가 미간을 살며시 찌푸린다.

라지브는 내 죄를 사해주지 않는다. 그것은 그의 일이 아니다. 나를 비난하지도 않는다. 그러는 건 그답지 않다. 그가 미간을 살며시 찌푸린다.

라지브는 아무것도 묻지 않는다. 그의 이런 태도는 그저 신중한 것과는 또 다르다. 요령 있게 구는 것과도 다르다.

내가 그에게 바라는 것은 단지 이렇게 말없이 내 앞에 있어주는 것뿐이다. 라지브의 침묵과 존재감은 강력한 위안이다.

그가 차를 다시 따라주겠다고 한다. 좀전에 따라준 차는 찻잔 안에서 식어버렸다.

책 셋

베티 혹은 벌

베티 캘러헌은 소박한 외모에 키가 큰 여자다. 굉장한 미인이라고는 할 수 없다. 몸매는 두루뭉술하고, 특별히 시선을 끄는 얼굴도 아니다. 그러나 가까이에서 보면 그녀의 실루엣과 거동 속에, 뺨의 주근깨 속에, 소녀 같은 웃음 속에 뭔가 있다는 것을 알게 된다. 베티 캘러헌은 내가 매일 아침 신문을 사는 가게의 점원이다. 내게 거스름돈을 내주는 이가 바로 그녀다. 그러므로 매일 그녀의 손을 관찰할 수 있다. 그녀의 손은 가늘고 길다. 손이 가늘고 긴 여자는 아무것도 아닌 게 아니다. 뺨의 주근깨 또한 그렇다.

가게 여주인은 손님들과의 연대감을 강조하기 위해 내게 깊은 경멸을 나타내는 반면(그 잔인한 치들이 매상을 올려주는 그 순간부터는 같이 맞장구를 쳐야 하는 법이니까), 베티는 내게 가장 예쁜 웃음을 보이기를 고집한다. 그녀를 소녀처럼 보이게 하는 바로 그 웃음. 내가 발길을 돌리자마자 늙은 여주인이 페스트 환자한테는 친절을 베풀 필요가 없다고 잔소리를 늘어지게 할 텐데도. 그렇기 때문에 나는 아무 말도 못 들은 척 내 손에 말라붙은 피엔 신경 쓰지 않고 거스름돈을 내주기를 고집하는 베티에게 끌린다.

베티는 평범해 보이지만 그녀에게 잘 어울리는 스웨터를 입는다. 때로는 기다랗고 얇은 목도리를 두르기도 한다. 그런데도 늘 약간은 추워 보인다. 손님들이 가게를 드나들 때마다 끊임없이 열리고 닫히는 문으로 들어오는 찬 공기 때문이리라.

베티는 한가로운 시간이 되면(대개 오전 열시가 지난 시간이다), 창문으로 항구의 풍경을 내다본다. 항구를 떠나거나 정박하는 어선들, 부려지는 화물들, 여객선들의 활발한 움직임, 이따금 거기에서 내려 우왕좌왕하는 관광객들, 혼잡한 부두, 체인 로커로 향하는 사람들의 끊임없는 행렬. 따라서 내가 이 카페의 '단골'이라는 사실도 놓치지 않았을 것이다.

오늘 처음으로 베티가 내게 말을 건다. 아닌 게 아니라 바로 체인 로커에 드나드는 나를 보았다는 말을 하고 싶어서다. 나를 감시해서가 아니라, 때때로 너무 심심하면 창밖을 흘금흘금 바라보며 행인들의 수를 세는 것 말고는 달리 할 일이 없기 때문이라며. 그녀를 나무랄 마음은 조금도 없다. 창문으로 사람들을 내다보는 것도 다른 일과 마찬가지로 몰두할 수 있는 하나의 방법이고, 나 때문에 젊은 여인이 잠시나마 지루함에서 벗어날 수 있었다는데, 무엇이 불쾌하겠는가. 이보다 불만스러운 일은 얼마든지 있다.

우리가 대화를 나누는 동안 여주인은 보란 듯이 입을 봉한 채 입술을 앙다물고 있다. 만일 그 입을 반쯤 벌리면 입아귀에 고인 침이 보이지 않을까? 여주인의 주름이 자글자글한 얼굴과, 뒤로 동글게 말아올려붙인 회색 머리칼과, 거의 투명하다시피 해서 가느다란 푸른 정맥이 여기저기 흉하게 드러난 피부에 시선이 멎는다. 얼굴에 붙은 심술은 나이 탓이 아니라 애초부터 있었던 것이고, 세월은 이 특징을 좀더 두드러지게 해주었을 뿐인 게 분명하다. 그 옆에서 베티의 생기 있는 분홍빛 피부가 대조를 이룬다. 베티의 뺨은 약간 둥글고 광대뼈는 높이 솟아올랐고 눈빛은 반짝거린다. 천상의 여인은 아닐지라도, 적어도 탐스럽기는 하다. 그런데도 나는 그녀에게 욕망을 느끼지 못한다.

여자에 대한 욕망, 만일 내게 그런 것이 있었던 적이 있다 해도, 지금은 잃어버렸다. 내가 인생에서 원했던 것은 메리앤이 유일했다. 그리고 그녀를 얻었다. 메리앤이 언젠가 내 아내가 되리라는 것은 나 자신도, 우리 주변의 다른 사람들도 의심하지 않았다. 나는 의문을 갖지 않고 정해진 길을 따랐다. 그것은 어려운 일이 아니었다. 다른 여자가 아쉬웠던 적은 한 번도 없었다. 그렇다. 정말로 다른 여자를 원한 적은 없었다.

하늘은 베일로 가려 있고 새벽은 축축하고, 아침은 차갑고 모진 바람에 몸이 꺾이는 이곳에서, 베티는 일종의 레지스탕스이자 안개가 모든 것을 압도하지는 못한다는 증거다. 팰머스에서, 팰머스임에도 불구하고 웃고 있는 젊은 여자와 마주치는 일이 가능하다니. 베티를 멀리서만 보았을 뿐 말 한 마디 나누어본 적 없는 라지브도 나의 놀람에 동의한다. 그러나 곧이어 덧붙인다. "그렇게 웃기 위해 얼마나 많은 눈물을 흘려야 했을까요?" 이 신비한 상인의 말이 일반론인지 아니면 내가 모르는 어떤 정보를 바탕으로 한 건지는 모르겠지만, 나는 아무 말도 덧붙이지 않는다.

체인 로커에 앉아 있자니, 새로운 내용이 추가된 외마디 말들이 들려온다. 내게 에둘러 하는 말들이다. 게리 밀러가 사람들과 나 모두에게 들으라는 듯이 크고 높은 목소리로 말한다. 과장되게 혀를 차가며 대략 상스럽달 수 있는 단어들을 동원해 "신문 파는 여자"를 거론하더니, 속담 비슷한 말로 결론을 맺는다. "개가 고양이를 낳는 거 봤나." 게리 밀러는 속뜻이 있어 하는 소리겠지만, 나는 그런 것에 관심 없다.

습기 때문에 다리가 아파서 평소보다 더 다리를 끌게 된다. 카페를 나서는데 '절뚝발이'라는 단어가 '환상의 커플이야!'라는 말과 세트로 날아온다. 아무 말도 하지 않아도 모든 것이 알려지는 팰머스에 베티와 내가 대화를 나누었다는 소식이 퍼졌고, 벌써 빈정거림이 시작되었다는 것을 알겠다. 만일 내가 정말로 베티와 어떻게 해볼 생각이었다면, 그 빈정거림이 되레 격려가 되었을 것이다.

신문가게 앞을 지난다. 베티가 계산대 뒤에 서서 잡지를 훌훌 넘기고 있다. 그녀는 나를 보지 못한다. 나는 들키지 않고 그녀를 관찰한다. 여자들이 건성으로 잡지를 넘기는 이 자세가 나는 좋다. 어설프게 집중한 모습, 세상과는 상관없는 표정으로 뭔가를 읽는다기보다는 꿈을 꾸는 듯한 이 모습, 어떤 남자도 동행하지 못할 유랑을 하는 듯한 이 모습이 좋다. 그럴 때면 그녀들은 젠체하지 않아서 아름답고, 예쁘게 보이려 하지 않아서 매력적이고, 아무 신경을 쓰고 있지 않아서 편안해 보인다. 신문 파는 여자가 어떤 오욕을 뒤집어쓰고 있고 게리 밀러가 그녀에 대한 어떤 비밀을 아는지는 모르겠지만, 여하튼 계산대 뒤에 서 있는 여자는 완벽하게 순수해 보인다.

나는 가게 앞에 얼마간 서 있다가, 가게 안쪽의 가려진 문에서 주인 할망구가 튀어나오자마자 자리를 뜬다. 여주인의 돌연한 출현도 베티의 주의를 흩뜨려놓지는 못한다. 그녀가 잡지에 코를 박은 모습 그대로 꿈쩍하지 않는 것을, 떠나면서 간신히 볼 수 있었다. 그 모습에 피식 웃음이 난다. 저항과도 같은 그 무심함이 마음에 쏙 든다. 아주 유쾌하다.

두 시간 후, 발길이 나를 다시 가게 쪽으로 이끈다. 사실 나는 정처 없이 걷고 있었고, 팰머스를 한 바퀴 돌아보는 데는 얼마 걸리지 않는다. 보도를 따라 걷고 있자니 베티가 문을 열고 나온다. 그녀는 하늘빛을 살피고는 옷깃을 세우더니 내게서 등을 돌리고 가버리려 한다. 나는 순간적으로, 그렇다, 바로 그랬다, 내 행동의 의미를 생각할 새도 없이 그녀를 불렀다. 비온 뒤 듬성듬성 물웅덩이가 팬 황량한 길에서 그녀의 이름을 외쳤다. 베티가 약간 놀라며 뒤돌아본다. 내 목소리를 알아듣지 못했다. 시선을 맞추며 이쪽을 살피던 그녀의 얼굴에 이내 미소가 번진다. 누가 자신을 부른 건지 알아낸 것이다. 이 거의 꾸미지 않은 넉넉하고 솔직하고 자유로운 미소는 위안과 같다. 이 미소는 내가 다가가는 내내, 그녀의 얼굴을 떠나지 않는다. 내가 가까워짐에 따라, 이 미소는 의기양양해진다.

베티는 하루 일을 마치고 귀가하는 길이다. 집으로 돌아가기 전에 항구에 들러 소포를 찾아야 한다. 그녀는 왜 난데없이 자기를 불러세웠냐고 묻지 않는다. 특별한 의도 없이 그저 자기 모습이 보였기 때문에 불렀으리라고 짐작하는 것이다. 그녀에게는 이런, 여자들의 직감이 있다. 또한 이렇게 자신의 승리가 확실하고, 이론의 여지가 없을 것이고, 논란의 대상이 될 수도 없을 것이고, 굳이 못을 쾅 박을 필요가 없다고 느낄 때 여자들이 취하는 신중함이 있다. 미소로 가늘어진 베티의 눈이 장난기로, 선택받았다는 기쁨으로 반짝인다.

그녀는 내게 '더 재미있는 일이 없으면' 항구에 같이 가자고 한다. 물론 그런 일은 없다. 이 제안은 요청이라기보다는 내 충성심과 고분고분함에 대한 확인이다. 나는 그녀의 왼쪽 뒤로 약간 물러나서, 그녀를 따라 걷는다. 내가 보도의 가장자리에서 넘어질 뻔하자 그녀가 가볍게 놀린다. 여전히 미소를 띤 채.

우리는 우선 아무 말도 하지 않는다. 젖은 아스팔트에 울리는 우리의 발소리와 목덜미를 파고드는 저녁 바람의 숨소리만 들릴 뿐이다. 숙인 고개와, 빨개진 코와, 차가워진 몸과, 말없이 동행하는 상대방과, 조용한 발걸음만 있을 뿐이다. 그러다가 베티가 불쑥 말을 꺼낸다. 날씨 얘기거나, 우리가 찾으러 가는 소포에 대한 얘기겠거니 생각했다. 그러나 그렇지 않다. 그녀는 다른 얘기들을 한다. 잘 모르는 사이에서는 하지 않는 얘기. 그런데도 베티는 한다. 그녀는 보통 여자들과는 다른 여자이기 때문이다.

베티는 내가 "자기가 좋아하는 스타일의 남자"라고 말한다. 나를 거북하게 만들 생각은 없지만 아무튼 지금 이 자리에서 이 사실을, 자신의 끌림을 얘기해야만 하겠다는 것이다.

그녀는 자신이 나를 좋아하는 이유가 엉뚱한 취미 때문이 아니라고, 배척당하는 사람들에게 특별한 매력을 느껴서가 아니라고 주장한다. 옥살이를 하지 않았더라도 나를 좋아했을 거라고 말한다. "정말이지" 나를 둘러싼 불행은 자신의 감정과 별도의 것이며, "정말이지" 내가 겪은 일들 때문에 좋아하는 게 아니라는 것이다. 동네 사람들이 나를 배척하는 데는 거부감만 느낄 뿐이며, 이것이 오히려 내게 다가가고 싶은 욕망을 부채질했다고 말한다.

그렇다고 해서 꺼려지는 마음을 애써 억누른 것도 아니고, 자신을 다스려야 할 필요도 없었고, 이 문제에 관해 진지하게 고민해본 적도 없다고 한다. 물론 나에 대한 평판과 내 손에 묻은 피 때문에 뒷걸음칠 수도 있었겠지만, 그렇지 않았다는 것이다. 그녀는 "어떤 사람이 한 일보다는 그 사람"에 관심이 있다고 한다. 그러나 나란 사람에 대해 그녀가 무엇을 안단 말인가?

그녀가 내게서 처음 본 것은 무기력과도 같은 이 무심함, 이 거리를 두는 태도였다. 이것이 그녀의 관심을 끌었다. 나의 이런 태도가 전혀 싫지 않았다. 자기를 흘금거리는 남자, 위력을 과시하는 허세스러운 남자, 사내다움을 어깨에서 허리까지 걸치고 있는 남자들에게는 관심이 없다. 그녀는 내가 늘 이런 것들로부터 약간 비켜나 있는 점을 좋게 보았다. 메리앤 역시 이런 면에 이끌렸었다. 베티의 관심이 좋은 징조인지 나는 확신할 수 없다.

그녀는 내게 마르고 연약한 외모가 잘 어울린다고 말한다. 그녀의 말로는 우아해 보이고 어린아이 같은 면이 남아 있는 것처럼 보인단다. 그녀는 손이 두툼한 남자들, 체격이 우람한 남자들, 포옹이 너무 억센 남자들을 경계한다. 그들의 품 안에서는 항상 숨이 막혔었다. 그러나 안아달라는 말을 돌려 하는 건 아니니 안심하라고 말한다. "그냥 그렇게 보인다는 거니까요."

그녀는 남자를 유혹하는 스타일의 여자가 아니다. 오히려 수줍은 편에 속한다. 연애경험도 그리 많지 않다. 네 번, 다섯 번 정도, 그 이상을 넘지는 않는다. 그러나 위축되어 있는 여자는 아니다. 칭찬을 포함해 자기 생각을 말하는 데 거리낌이 없다. 그녀는 내가 놀라지 않았기를 바란다고 말한다.

나는 아무 대꾸 없이 그녀를 곁눈질로 바라본다. 침묵이 면죄부이다. 항구에 도착하자 그녀는 소포를 찾으러 갈 화물 창고를 가리켜 보인다. 내가 이만 집에 가봐야겠다고 하자, 그녀는 약간 어리둥절해져서 자기가 화나게 한 게 있냐고, 하지 말아야 할 말을 했느냐고 묻는다. 나는 아니라고 하며 웃음을 지어 보인다. 시간이 늦어서일 뿐이다. 곧 밤이다.

이번에는 베티가 웃어 보인다. 그리고 내게서 멀어져 화물 창고를 향해 간다. 바닥에 얽혀 있는 줄들을 서툴게 뛰어넘기도 하고, 여기저기 쌓인 화물들과 구멍 난 상자들과 내일이나 되어야 치울 짐받이판 사이를 지그재그로 뛰어넘으면서. 나는 그녀에게서 눈을 떼지 않는다. 창고에 다다른 그녀는 뒤돌아 나를 본다. 내가 떠나지 않고 그 자리에 있으리라고 확신하는 태도이다. 그녀가 잘 가라고 손을 흔들어 보인다. 나도 멀리서 손짓한다. 그녀가 문 뒤로 사라진다.

베티가 내 앞에 와서 자리를 잡았다. 그녀는 긴 의자 깊숙이 몸을 묻고 허리를 똑바로 편 채 앉아 있다. 앞으로 내민 왼손에는 석류 소다수 잔을 들고 있다. 석류 소다수는 어린 여자애들이나 마시는 음료라고 생각했었다. 베티는 아직 어린 여자애일지도 모른다.

그녀가 체인 로커에서 만나자고 약속을 정했다. 거절을 허락하지 않겠다는 단호한 어조였다. 그렇더라도 예쁜 웃음은 잃지 않으면서. 그런 웃음에 저항하기란 불가능했다. 나는 그러마고 대답했다.

그리고 생각했다. 우리의 첫 데이트가 되겠구나. 그것이 바로 지금이다.

그녀는 우리가 대화를 나눌 시간이 왔다고 생각하는 것 같다. 진심을 털어놓는 진짜 대화를. 그녀는 내가 자기에게는 진실을 밝힐 거라고 기대한다. 사람들이 그녀에게 수백 번도 더 속닥거렸을 내 사건에 분명히 감추어져 있을 진실, 더는 누구도 진상을 알 수 없을 만큼 왜곡되고 와전되고 변질된 진실을.

한편으로는 베티가 새로운 선언을 할 준비를 했을까 겁이 난다. 그녀는 아마도 여느 어린 여자애처럼 동화를 믿고 있는지도 모른다.

베티가 나의 지레짐작과 염려를 날려버리는 서두를 뗀다. "메리앤에 대한 얘기는 듣고 싶지 않아. 당신 아들에 관한 얘기는 더더욱. 그런 얘기를 나누는 우리 모습은 상상조차 하기 싫어."

베티는 나와 함께 다른 여자와의 사랑에 대한 추억을 나누는 것도, 우리 사이에 어린아이의 시신이 끼어드는 것도 원치 않는다.

"만일 당신에게 그 얘기를 하라고 한다면, 얼마 못 가 우리 둘다 서로를 원망하게 될 거야."

여자들은 우리를 끊임없이 놀라게 한다.

"그런 얘기는 감당할 수 없을 게 뻔하니까."

여자들은 또한 감수성도 풍부하다.

"아니, 내가 듣고 싶은 얘기는 감옥에 대한 거야. 감금생활에 대한 것."

그녀는 감금생활을 통해 스스로 다시 태어났다고 확신하는 남자에 대한 얘기를 듣고 싶어한다.

"나는 그 얘기들을 견뎌내야 해. 그 얘기들에 귀를 막아선 안 된다는 걸 알아."

만일 자신이 감옥 얘기를 제발 그만하라고 한다면, 내게 맞는 여자가 아닐 거라고 생각하는 것 같다. 만일 내게 좀더 가까이 가지 못한다면, 내 진짜 얼굴을 보지 못한다면, 내가 겪었던 일들에 동행할 수 없다면, 그것은 그녀에게 우리가 함께할 수 있는 사람들이 아니라는 의미다.

예상치 못했던 그녀의 요구에 좀 어리둥절하다. 그러나 잘 생각해보니 베티가 진정한 능숙함과 일종의 용기로 베푼 호의를 받아들이고 싶어진다.

그렇다면 거짓말을 해서는 안 된다. 모든 것을 탁자 위로 꺼내 말해야 한다. 어쨌든 그녀도, 모르는 일을 지지할 수는 없지 않은가.

나는 베티의 귀염성 있는 얼굴을 바라본다. 석류 소다수로 빨갛게 물든 입술, 주근깨가 흩뿌려진 뽀얀 얼굴, 생기에도 불구하고 얼마간 깃든 고단한 기색, 청춘에도 불구하고 이미 많은 일을 겪은 듯한 표정, 천진함으로도 지울 수 없는 상흔. 베티는 우아하고 의연하게 상처를 안고 있다.

이 시간은 하루 중에서 체인 로커가 한산한 때이다. 바 뒤에 자리 잡은 종업원은 경마 신문을 읽느라 정신이 없다. 우리에게 신경 쓰는 것 같지는 않다. 아마 가끔씩 귀를 쫑긋거릴 테지만 그에게 우리는 이미 죽은 사람들이나 다름없다.

“감옥에 들어간 건 겨울이야. 12월이었지.”

그날은 흐리고 비가 왔었다. 날씨가 고약했던 것이 기억난다. 경찰들과 함께였다. 호송차에서 내리니 눈앞에 교도소가 있었다. 땅은 질척질척했고 진흙이 신발에 달라붙었다. 붉은 벽돌과 시멘트로 지은 위압적인 건물은 전체적으로 낡은 모습이었다. 문은 아이들의 악몽에서나 나올 것처럼 어마어마하게 컸다. 그 문을 열기 위해서는 몇 사람이 달려들어야 했다.

의자에 앉은 베티는 움직이지 않는다. 죽은 듯이 꼼짝도 않고 경직된 채 심각하게 얘기를 들어야만 한다고 생각하는 것 같다. 정말이다. 경박한 십대 소녀 같은 면이 약간 엿보이지만, 이것이 그녀를 깎아내리지는 않는다. 그녀는 내가 감옥 얘기를 하는 게 처음임을 느끼고, 특권을 부여받은 기분을 맛보고 있다. 이 특권이 우리 관계가 특별하다는 징표라고 생각하는 것이다. 그녀의 생각이 완전히 틀린 건 아니다.

"나를 맞은 간수들은 젊었어. 그런데도 얼굴은 이미 피로에 절어 있었지. 그렇지만 불쾌한 인상은 아니었어. 그들은 경찰들에게 기계적으로 질문하고, 경찰들은 아주 짤막하게 대답했어. 내 이름과 신분에 대해 오가는 소리가 들리더군. 내가 아닌 다른 사람의 얘기를 하는 것 같았지. 감옥에서 처음 받은 느낌은 비현실적이라는 거였어. 그들이 바라보는 나와 실제의 나 사이에 있는, 그 미세하면서도 엄청난 차이 때문에."

베티가 주의를 기울이고 있다는 걸 보여주려고 미간을 살짝 찡그린다. 고개는 한쪽으로 약간 기울어져 있다. 그렇게 하면 자기가 지적으로 보인다고 확신하는 듯하다. 그리고 공감하는 모습을 보여주기 위한 나름의 방식으로 약간 안타까운 표정을 지어 보인다. 나는 이와 같은 행동의 메커니즘을 몇 초 안에 분석해낼 수도 있지만, 너무 빨리 이런 기계적인 자세를 취한다고 그녀를 탓하고 싶지는 않다. 어쨌든 이렇게 겉모습에 치중하는 경박함과 순진함도 내가 베티를 좋아하는 이유이다.

"그리고 마당이 보였어. 철조망과 쇠창살도. 이곳은 또다른 세계구나, 나는 경계선을 넘었구나, 그런 생각이 들더군. 정말이지 바로 그랬어. 나는 경계선을 넘어간 거야."

그 경계선 너머 세계의 언어나 코드, 규칙, 일이 돌아가는 절차, 관습, 위험, 그 무엇에 대해서도 나는 알지 못했다. 그렇게 철저하게 무지했는데도, '정말로 두렵지는 않았다'.

베티는 자기도 두려워하는 모습을 보여서는 안 된다는 것을 깨닫는다. 그녀에게는 상대의 마음을 끌려는 사람들이 가진 직감이 있다. 상대에게 맞출 것. 자기 감정은 무시하고 상대의 감정을 따라갈 것. 자신이 단지 석류 소다수만 홀짝이는 다소 경박한 젊은 여자만은 아님을 입증할 것. 그러나 그녀가 공들이고 있는 이 노력에 내 마음이 흔들리는 일은 없을 것이다.

"그 사람들이 내 호적사항이 기입된 서류를 내밀기에 아무 생각 없이 사인했어. 아무 질문도 하지 않았고."

침묵은 의무적이었다.

"말을 해서도 안 되고, 질문을 해서도 안 되고, 유별나게 굴지도 말고, 마치 모든 일이 당연한 것처럼 행동해야 된다는 건 그곳에 들어가는 즉시 알 수 있었으니까."

베티가 연방 고개를 끄덕이며 동의한다. 물론 전에는 이 모든 것에 대해 생각해본 적도 없을 테지만, 지금 내가 이렇게 알려주고 있으니 확실히 그럴 법하게 여겨질 것이다. 그녀의 얼굴에 번지는 빛이 그녀와 잘 어울린다. 환한 빛이 그녀의 천진함과 순수함을 강조해준다.

"경찰들은 아무 말도, 아쉬워하는 기색도 없이 나를 두고 가버렸어. 그 사람들이 할 일은 끝난 거지. 그 사람들에게는 끝난 일이었다고. 이제 그들은 처자식들이 있는 집으로 돌아가버리면 그만이었지. 그다음부터는 간수들이 나를 맡았어. 이제부터는 그들과 함께 지내야 했지. 그들이 나의 새로운 동반자였어. 경찰들이 나가고 문이 다시 닫히자 이런 생각이 들더군. 그래, 지금부터 옥살이가 시작되는 거야."

석류 소다수의 여자는 이제부터 시작되는 이야기에서 부스러기 하나라도 흘리면 안 된다는 것을, 에피소드 하나라도 놓쳐서는 안 된다는 것을 예감한다. 그녀의 눈빛이 매주 오후 〈이스트

엔드 사람들〉 방영 시간에 텔레비전 앞에 편안하게 자리 잡은 주부들처럼 멍하고도 맹렬해지는 것이 한탄스럽다. 그러나 나는 아무 말도 하지 않는다.

"간수 하나가 따라오라는 신호를 보냈어. 나는 말 그대로 복종했고. 그를 뒤따라 마당을 가로질러 갔어. 마당을 철벅철벅 걷는 우리의 발소리와 어깨 위로 떨어지는 빗소리만 들렸지. 나는 간수의 목덜미와 등에 시선을 집중했어. 다음에는 왼쪽 엉덩이에서 흔들리는 열쇠만 봤고. 영화에서 본 거랑 똑같네, 하고 혼잣말을 했지."

나는 그녀가 지불한 대가에 보답하는 중이다. 그녀는 지금 공연장에 와 있기 때문이다. 그러니 액션 한가운데로 관객을 안착시킬 이런 세부사항들을 빼먹으면 안 된다. 그래도 나는 그녀가 내가 하는 이런 이야기에 동화될 만한 유의 사람이 아닐까봐 겁이 난다.

"첫번째 쇠창살 문에 도착했어."

쇠창살 문은 아주 많았다.

"간수가 열쇠 중 하나를 능숙하게 돌렸어. 인상적인 광경이었지. 아마 이골이 난 거였겠지만, 그래도 그 절묘한 손놀림이라니. 그가 나를 앞세우더니 말하더군. '여기서부터는 다른 간수가 안내할 거다.' 과연 앞을 보니 다른 간수가 와 있었어. 오는 소리도 못 들었는데. 처음의 그 간수는 이미 사라지고 없더군."

눈부신 발레였다.

베티는 내 말을 끊지 않고 그저 귀 기울이고만 있다. 내 인생에 이 정도까지 집중해서 내 얘기를 들어준 사람이 언제 있었던가. 그런 사람을 기억해내려면 상당히 노력해야 할 것이다. 부모님은 내게 이런 주의를 기울인 적이 단 한 번도 없었다. 팰머스 사람들은 아예 말을 말자. 메리앤조차 바로 지금 이 순간 베티와 같은 집중력을 보여준 적은 결코 없었다. 베티의 이런 태도는 단지 연애의 열정에서 나오는 것이 아니라는 생각이 든다. 실제로 베티 캘러헌은 착하고 남을 배려하는 다감한 여자이다. 이제껏 마음속으로나마 그녀에게 퍼부은 나의 온갖 한심한 비아냥거림은 얼토당토않은 것이다. 확실히 나는 그녀에게 어울리는 남자가 아니다.

"쇠창살 문을 넘었어. 이미 모든 소지품을 압수해간 후였는데도 또 몸을 뒤지더군. 그동안 나는 벽에 시선을 고정하고 있었어. 벽은 초록색이었어. 새로 온 간수가 다시 나를 안내했고, 우리는 오른쪽으로 접어들어 어느 어두운 방으로 들어갔어. 그 방은 감옥을 떠날 때를 제외하고는 그후로 다시 가본 적이 없어. 세번째 간수가 나를 맞더니 옷을 벗으라더군."

그의 목소리는 부드럽고 나직했으며 눈은 나를 보고 있지 않았다. 어떻게 눈길을 돌리지 않을 수 있겠는가? 나의 벌거벗은 몸이 거북했을 것이다.

"이런 생각이 들었지. 만일 여기서 나한테 무슨 일이 생기면 밖에서 알 수 있을까? 물론 아무도 모르겠지. 나는 세상에서 도려내져 있었던 거니까."

베티는 나의 이 절연에 동행하고 있다. 그녀가 나와 함께 있고, 나를 지켜보고 있고, 만일 누가 내게 해를 가한다면 도움을 청해주리라는 것을 느낄 수 있다. 그녀는 나의 수호천사다. 지독히도 고독했던 순간들에 왜 나는 그녀와 같은 수호천사가 있었으면 좋겠다고 생각하지 못했던 걸까?

"간수가 내미는 죄수복을 걸쳤어. 치수가 맞았어. 누구에게나 맞는 치수였으니까. 약간 까끌까끌하고 볼품없는 옷이었는데, 엉덩이 위쪽과 팔뚝에 붙은 빨간 표찰이 한눈에 들어오더군."

그 뒤로는, 복도가 끝도 없이 이어졌다.

"감방까지 가는 동안 나를 안내하는 간수와는 한 마디도 나누지 않았어. 어디선가 나를 위아래로 훑는 시선들이 느껴졌지."

그 보이지 않았던 존재들에 대해서는 지금도 기억난다. 쇠창살 문 뒤에서 들리던 수군거림은 나의 환청이 아니었다. 목덜미에 느껴지던 숨결은 다른 죄수들의 것이었다.

"드디어 감방에 도착했어. 가로 세로가 각각 4미터에 3미터인 감방 안에 같이 지낼 남자 한 명이 있더군. 내가 인사를 건네자 그가 고개를 끄덕이는 것으로 대답을 대신했어. 노인네였지. 제일 먼저 눈에 띈 건 그 점이었어. 늙었다는 것. 그리고 야윈 몸과, 움푹 팬 볼에 자란 이틀치 수염. 우리를 남겨놓고 문이 닫혔고, 나는 뭘 해야 할지 몰랐어. 어디에 앉아야 할지도."

특별히 울고 싶지는 않았다.

"그런데도 나는 그 자리에서 기절하지 않으려고 안간힘을 써야 했어."

내가 기절하다라는 동사를 발음했을 때, 베티의 표정에는 분명히 진심에서 우러나온 동정이 어렸다. 가장 속 깊은 곳에 있는 인간미를 보여주는 표정이었다. 나는 그녀와 나를 갈라놓는 것의 무게를 다시 한 번 가늠한다.

“감옥에 대해 상상하는 것과 실제 감옥에 들어가는 것, 이 두 가지는 전혀 달라. 나는 팰머스를 떠나기 위해 선고받기를 원했었어. 과거와 끝장낼 수 있는 방법이라고 생각했기 때문에 고통에 짓눌리지 않고 재판 결과를 받아들일 수 있었어. 그러나 감금 생활에 대해서는 상상을 못했었어. 더구나 감금, 그건 상상을 초월하는 거야. 감방에 남게 되자 이런 생각이 들더군. 여기 있으면 미치고도 남겠구나.”

그렇다. 함정에 빠지면 실성하지 않기란 불가능하다.

젊은 여자는 놀라움을 감추지 못한다. 내가 수감을 단순히 고향을 벗어날 수단으로 묘사한 데 기겁하는 눈치다. 그녀는 이 마을과 나의 원한관계는 잘 파악한 반면, 마을에서 도망치겠다는 나의 일념이 그 정도일 줄은 알지 못했다. 그 결과, 실성에 관련된 이야기는 대부분 놓치고 만다. 나는 그녀를 다시 이 말로 이끈다.

"나는 당장에 실성한 사람처럼 행동했어. 우선 감방 안에 있는 것들을 모조리 때려부쉈지."

감방 안에서 날뛰며 벽 여기저기에 난폭하게 몸을 부딪쳐댔다. 모든 것이 너무 비좁고 작았기 때문이다. 또 집기들을 집어던지고 의자들을 쇠창살에 내동댕이쳐 박살내고 침대들을 뒤집어엎었다. 문을 향해 몸을 세차게 부딪쳤다.

갑자기 그녀의 표정이 혼란스러워진다. 시선에 공포가 깃들고, 눈가에 가벼운 떨림이 인다. 입술을 꽉 깨물고 손을 신경질적으로 움직인다. 그녀는 문득 이 모든 것이 버겁다고 느낀다. 아마 너무 많은 것이 한꺼번에 밀려들었을지도 모른다. 첫번째 충격에 익숙해질 겨를도 없이 두번째 충격이 몰아친다. 그러나 그녀는 침묵을 지키며 꿋꿋하게 버티고 있다. 자비를 청하지 말자고 결심한 것이다.

"노인네는 한 마디 말이나 행동도 없이 그런 나를 바라보고만 있었어. 그저 내가 그만두기만을, 간수들이 뛰어들기만을 기다리고 있었지. 내가 자기에게 달려들지는 않으리란 걸 알고 있었던 거야. 내가 날뛰고 집기들을 부수는 걸 당연히 여기는 눈치였어. 나중에야 많은 신참들이 나처럼 행동한다고, 그러지 않고는 못 배긴다고, 그러니 놀랄 일이 아니었다고 말하더군. 그러고는 말하기를, 어떤 놈들은 힘을 과시하려고, 자기들이 얼마나 해로운 존재인지 보여주려고, 또 복종을 거부하고 저항하려고 그런 행동을 한다는 거야. 그 난폭함 때문에 남들이 자기를 무서워하고 또, 그래, 두려워하기를 바라는 사람들이라고 할 수 있지. 그렇지만 나는 그런 사람이 아니라는 걸 알 수 있었다고 했어. 그저 약간 당황하고 막막해진 것뿐인 걸 알 수 있었다고. 또 간수들은 죄수들끼리의 폭력에는 책임감을 느끼지도 신경 쓰지도 않는다고 했어. 간수들은 그저 규칙을 적용하기만 할 뿐이라며. 아닌 게 아니라 그들은 난동을 부린 벌로 나를 사흘 동안 독방에 집어넣었지."

베티는 나의 담담함에 당황하는 것 같다. 이 느릿느릿하면서도 맥없는 말투에. 심각할 것은 아무것도 없고 아주 추잡한 것들도 보통이라는 듯한 태도에.

"그후에는 간질의 위기까지 갔었어."

아주 짧고 느닷없고 험한 발작이었다. 나중에는 의식까지 잃었다. 그러나 그 전에는 신경질환을 앓은 적이 없었다. 발작은 감옥에서 얻은 것이었다. 몸이 말을 한다는 생각이 든다. 공황상태가 되면, 몸이 떨리고 경련을 일으키면서 사지가 제멋대로 움직인다. 몸은 의지와 상관없이 우리의 통제를 벗어나 자제력이 못 미치는 곳에서 싸움을 벌이는 괴물 같은 것이 된다. 즉, 몸이 몸 자체를 빠져나가고 우리에게서도 빠져나가는 일이 벌어지는 것이다. 우리는 더는 몸을 통제하지 못한다. 몸이 결정권을 갖는다.

베티의 동요가 점점 더 커져간다. 그녀는 피가 나도록 입술을 깨문다. 입술에 밴 빨간색은 석류 소다수 때문이 아니다. 그녀가 팔을 앞으로 뻗어 양손으로 잔을 쥐고는 어깨를 움츠린다. 자동차 안에서 사고가 나기 직전에 취하는 행동이다.

"간질은 그야말로 구경거리야. 노인네가 말하더군. 자기도 '만만한 사람이 아닌'데, 처음으로 기겁을 했다면서."

그는 공포로 대경실색을 했다. 그 이상상태와 난리발광에 놀라고, 어떤 악마적 힘이 내 존재 전체를 점령해 맹위를 떨치고 있다는 느낌이 너무도 확연해서 아연해졌다. 발작을 멎게 하기에 노인네는 철저히 무능하고 무력했다. 감히 내 몸을 붙잡고 미친 듯한 혼란상태를 바로잡아보려는 시도조차 할 수 없었다. 그는 어떻게 해야 할지 알 수 없었다. 도움을 청하고 누구 좀 와보라고 소리를 지른 것이 고작이었다. 그는 이 발작이 죽음의 전조이고, 그 에필로그는 죽음, 즉 육체가 마침내 휴식을 얻는 즉사가 될 거라고 생각했다. 그 순간만큼은 죽는 것이 최소의 고통이자, 일종의 해방이고, 카오스의 끝으로 보였다고 주장했다.

"발작은 반복적으로 이어졌어. 나중에 정신을 차리면, 아무것도 기억 못했지. 간수들도 그러려니 하면서 나를 내버려두게 됐어."

베티의 눈썹 안쪽에 맺힌 눈물이 선명하게 보인다. 감정이 숨어 있을 수만은 없었던 듯, 충격이 너무 강했던 듯, 이 동요가 가장 깊숙한 곳에 닻을 내리고 있는 상처의 표시인 듯.

"발작으론 부족했던지 그다음에는 세 차례나 팔목을 그었지."

그러나 죽고 싶었던 것은 아니었다. 정말로 세상에서 없어져 버리려 했다고 주장한다면, 그것은 거짓말이 될 것이다. 물론 감옥의 관리부 사람들은 내가 '자살을 기도' 했다고 보고서에 적어 넣었지만. 내 서류에는 세 번의 자살 기도가 기록되어 있다. 그러나 나의 행위는 자살 기도라기보다는 몸을 베고 싶은 욕망, 즉 자해라고 보는 편이 맞을 것이다. 이것을 정확히 어떻게 설명해야 할지 모르겠다. 아마 단순히 광기에서 비롯된 행위일지도 모른다. 언젠가는 한 사회봉사자가 '나의 매우 깊은 고통'에 대해 언급한 적이 있었다.

이번에는 석류 소다수의 여자가 정말로 겁을 집어먹는다. 공포가 얼굴 전체로 퍼지더니, 이제는 공포밖에 보이지 않는다. 이 얼굴은 혼비백산과 경악과 공황을 합한 그 무엇이다. 역겨움이나 혐오가 아니다. 그보다는 차라리 매우 지독한 불안, 극심한 공포라고 보아야 한다. 이제 베티 캘러헌은 하루의 끝자락에 한적한 카페에서 자기와 마주 앉은 인물이 정확히 누구인지, 그를 어떻게 생각해야 하는지 알지 못한다.

"그러나 그 난리법석은 사회봉사자가 생각하는, 그런 게 아니었어."

물론 감금에서 비롯된 것이기는 했다. 그러나 그것은 무엇보다도 빚을 청산하고 악을 씻어내고 과거의 나와 끝장내려는 내 나름의 방법이었다. 이제 그 확신은 더욱 강해졌다. '팰머스의 토머스 셰퍼드를 죽이기 위해서', 이 절단과 고통과 형벌이 필요했다.

나는 고의로 '죽이다'라는 동사를 사용한다. 들어줄 수 없고 참아줄 수 없을 때까지 철저하게 명확하고 투명해지기 위해서, 우회하지 않고 축소하지 않고 모든 것을 말하기로 결심했기 때문이다. 이 동사를 들어야 하는 고역은 내 이야기를 듣기 위해 바쳐야 하는 공물이다. 베티는 자리에서 벌떡 일어나 떠나버리고 싶은 충동을 느끼지만, 놀라운 중력으로 의자에 버티고 앉아 있다. 풀이 죽고 망연자실한 채로. 이 고역을 자청한 사람은 바로 그녀 자신이다.

"그래, 어깨로 헤쳐 껍질을 찢고 번데기를 빠져나온 다음에는, 그 번데기를 갈기갈기 찢어 산산조각을 내야 해."

그녀는 단어들에, 그 의미들에 골몰한다. 울지 않으려고, 기권하지 않으려고, 단어들의 의미에 집중한다. 어떻게든 나를 이해하려 한다. 경악하지 않고, 나를 있는 그대로 받아들이고, 어떤 심판도 하지 않고, 팰머스 주민들의 추악한 저주에 빠져들지 않으려고 애쓴다. 만일 여기서 굴복한다면 그녀도 팰머스의 주민들보다 나을 것이 없다.

"지금 여기 돌아온 사람은 다른 인간이라는 것을 믿어줘. 이 마을의 모두가 인간의 본성은 변하지 않는 거라고 여긴다 할지라도 말이야. 나는 이제 예전의 내가 아니라고 당신한테 맹세할 수도 있어."

사실 나는 세월이 숨통을 조였던 그 존재, 세월이 삼켜버리기 직전의 그 존재로 되돌아간 것뿐이었다. 항구를 따라 달리던, 넘어지기 직전의, 추락하기 직전의, 채 아홉 살도 되지 않았던 그 소년으로.

베티는 물론 나의 불구, 이 질질 끄는 다리를 알고 있다. 설명해줄 필요도 없이 그녀는 넘어진 사건과 불구가 된 것을 연관짓는다. 여자들에게는 언젠가 그녀들을 어머니로 만드는, 직감이라는 것이 있다.

"감옥에서 얻은 건, 팔에 남은 이 흉터들이야. 원하면 만져봐도 돼."

나는 소매를 걷어 상처입고 부상당한 팔을 기겁하는 여자 앞에 내민다. 그녀는 나와 함께 상처들과, 흉터들과, 베인 자국들도 원할 것인가? 그녀의 눈이 내 눈에 매달려 있다. 그녀는 이 병적이기만 할 뿐인 광경을 거부하며 시선을 떨어뜨리지 않는다.

"어느 날, 난동 부리는 걸 그만뒀어. 발작과 자해를 멈췄지. 노인네가 감방을 떠나고 대신 루크가 들어온 날이었어. 그래, 그날, 루크가 들어왔을 때, 이제 끝났다는 것을, 다른 뭔가가 시작될 수 있겠다는 것을 깨달았어. 당신이나 또다른 누군가가 이 이야기를 이해할 수 있을지는 모르겠어. 어깨에 흩뿌려진 점들에 관한 이야기를."

순간 베티가 질문하는 듯한 불안한 표정을 짓는다. 이 파르르 떠는 취조의 시선은 순식간에 나타났는데, 그 돌연한 변화는 거의 믿기지 않을 지경이다. 여자들은 남자들보다 위험을 훨씬 더 잘 감지한다. 그녀들은 위험이 윤곽을 드러내는 것을 볼 수 있고, 때로는 그 위험을 피할 수 있을 만큼 영리하다.

"어떻게 얘기해야 할까. 어느 날 밤 감옥에서 젊은 스리랑카 남자 하나가 목을 맸어. 열여덟 살이나 되었을까. 자동차 절도범이었는데, 폭력배들과 한방에 붙여놓은 거야. 아마 다른 감방에 자리가 없었거나 크게 신경 쓰지 않았던 거겠지. 그게 아니라면, 재미를 좀 보고 싶었거나 서류가 잘못되었거나. 알 수 없지."

심문하는 얼굴이 어리둥절함이 역력한 얼굴로 변한다. 베티는 내가 그녀를 어디로 이끌고 있으며, 왜 갑자기 뚜렷한 이유도 없이 목을 맨 스리랑카인의 이야기를 끌어들이는지 알지 못한다. 그녀는 나를 신뢰하기로 했었다. 그러나 그렇다고 해서 반드시 내게 전권을 위임해야만 하는 것일까? 그녀는 이리저리 끌려다니는 유의 여자가 아니다. 적어도 자기가 발을 들여놓는 곳이 어디인지는 알고 싶어한다. 나를 따를 수도 있고 나와 함께 골목을 돌 수도 있지만, 단, 우리가 가려는 곳이 어디인지 설명해주는 경우에 한해서다.

"속눈썹이 아주 길고 계집애 같은 얼굴의 젊은 남자였어. 조무래기 깡패 같은 행동거지에 말투는 불량스럽기 짝이 없었지만, 전과는 없었어. 들어온 지 얼마 안 돼서 다른 죄수들이 파티를 벌여줬지."

그날 밤, 그를 덮친 죄수는 여럿이었다. 두툼한 손으로 입을 막혀 외침은 숨죽인 소리가 되었고, 온몸이 비틀렸다. 그는 울었고, 나머지는 웃었다. 몸 여기저기에 멍이 들었고 살갗이 부어올랐다. 아무 소리도 들은 사람이 없었으며 아무도 달려오지 않았다. 누군가 심하게 코를 골면 득달같이 달려와 고함을 질러대던 간수들의 귀가 그날 밤은 그렇게 밝지 못했나보다.

베티의 얼굴이 한순간에 다시 굳는다. 그녀 얼굴의 웅변력과 그 표정에서 나오는 고백들, 그녀가 발산하는 진실은 실로 인상적이다. 그녀의 얼굴에서는 성격의 변화가 읽힌다. 관자놀이에서 펄떡펄떡 뛰는 정맥을 보면 다양하게 변하는 기분을 알 수 있고, 예민하게 떨리는 속눈썹을 보면 요동치는 기질을 읽을 수 있다. 이런 주의 깊은 관찰이 포옹보다 나와 이 젊은 여자를 더 가깝게 해준다.

"남자는 그날 밤, 감방 안에서 조용히 시트를 묶어 그대로 목을 맸어."

나머지 죄수들은 처음에는 침묵하다가 남자의 몸이 뻣뻣해진 것을 확인하고 나서야 뒤늦게 구조를 요청했다. 전해들은 바로는, 간수들은 아무런 감정의 동요도 보이지 않고 남자를 풀어내려 이동침대에 싣고 갔다. 모두들 남자의 뒤틀린 얼굴을, 팽창된 동공을, 너무나 긴 속눈썹을 보았다.

베티는 이 장면이 마음에 들지 않는 것 같다. 혐오감을 감추지 않는다. 그녀는 영화에서 간호사가 팔에 주사기를 꽂는 장면이 나오면 고개를 돌리는 젊은 여자들 축에 드는 것이다. 열 살 때는 돼지 목을 따는 현장에서 도망친 적도 있다. 그녀는 신문가게에서 여성잡지만 훑는다. 그러면 세상이 좀 덜 험하게 보인다.

"다음 날 아침, 나와 방을 같이 쓰던 노인네는 폭력배들의 방으로 옮겨가야 했어. 그들을 견딜 수 있을 만큼 충분히 질기다고 판단된 거지. 또 감옥에서 노인네들은 잘 건드리지 않기도 하고. 그들은 죽은 스리랑카인의 자리에 노인네를 넣었어. 감옥에서는 스리랑카인 한 명이 죽어서 자리 하나가 비었으니 잘됐다는 식이었으니까. 그리고 노인네의 자리를 루크가 대신하게 됐지."

베티는 본능적으로 루크라는 이 이름이 마음에 들지 않는다. 입을 삐죽이는 것을 보면 의심의 여지가 없다. 충분한 관심을 받지 못해 뾰로통해진 소녀들이 입을 삐죽거리는 것과 같다. 무관심에 대한 반격으로 내보이는 말없는, 그러나 분명한 토라졌다는 표시. 조용하지만 성가신 노기.

"그러니까 우리는 상황 덕분에 함께 있게 되었다고 말할 수 있을 거야."

그리 많은 사람들에게 충격을 안기지는 못한 자살 사건 후였다. 따라서 루크와 나, 우리를 마주할 수 있게 해준 것은 우연과 재화災禍였다고 할 수 있다.

"그런 상황에서의 만남, 그건 재난이 아니라면 축복일 수밖에 없을 거야."

"재난이 아니라면 축복일 수밖에 없을 거야." 처음으로 베티가 토를 단다. 기가 차다는 듯이 허공을 올려다보며 내 말을 반복한다. 그러나 내가 거슬리지 않게 충분히 부드러움을 담아서, 양보하지 않을 질투심을 표현할 만큼만의 멸시를 담아서.

"루크와 함께 있으면, 안심이 돼."

나는 그가 감방으로 들어온 지 몇 분도 안 되어 이것을 예감했다. 설명할 수는 없지만, 그의 존재감과 발걸음과 침묵 속의 뭔가가 안도감을 주었고, 일종의 거침없으면서도 거리를 두는 듯한 초연한 태도가 힘을 발산했다. 그 힘은 검은 눈동자에도 깃들어 있었다. 그의 모습은 위압적이었고, 한눈에도 귀찮게 해선 안 될 사람임을 짐작할 수 있다. 그와 함께 있으면 안심하게 된다.

"나는 안심할 필요가 있었어."

나는 베티가 루크에게 다가갈 수 있도록 수를 쓴다. 아마도 그녀는 루크와 나의 관계를 규정할 정확한 단어를 찾을 수 없을지도, 미스터리를 꿰뚫을 수 없을지도 모른다. 성가시지 않기 위해, 쉬운 설명에 만족하기 위해, 자기 편한 대로 해석하기 위해, 가장 간편한 길을 택할지도 모른다. 또한 설령 그녀가 길을 헤맨다고 해도 나로서는 어쩔 수 없다. 그러나 그녀에게 혼란과 상처를 안기는 한이 있어도, 적어도 왜곡해서는 안 될 것이다. 루크가 내 인생으로 들어온 것이 내게 결정적인 사건이었음을 말해야만 한다.

"감옥 안에서는 어디나 폭력이 도사리고 있어."

일상이 된 난폭한 행동, 다반사인 욕설, 툭하면 내뱉는 협박, 매순간의 적개심, 폭발하기만을 기다리고 있는 감춰진 분노, 채 억눌리지 않은 사나움. 감옥에서 인간의 육체란 이 파괴적인 에너지와 겉으로만 그럴듯한 강인함의 전령이다. 이와 같은 맹렬함이 순식간에 싸움을 촉발하리라는 것은 쉽게 짐작할 수 있다.

"늘 소동이 일어나기 일보 직전이었지."

나는 베티가 루크에게 익숙해질 틈도 없이 어느새 화제를 바꿔버린다. 중요한 것은 퍼즐이 모양을 갖추어가는 것이다. 나는 비록 대화 상대에게 샛길을 제안하고 있기는 하지만, 결국 이 모든 것의 종착지가 나의 감방 동료이리라는 것을 안다. 만일 내가 불쑥 폭력에 대한 이야기를 꺼낸다면, 그것은 그 이야기가 나를 루크에게로 인도할 것이기 때문이다. 내 이야기는 우연에 큰 자리를 내주지 않는다.

"조금도 과장이 아니야. 치고받고 상처입는 일이 다반사였으니까. 폭력이 빈번했지만, 간수들은 모른 척했어. 더는 폭력 건수를 세지도 않았지. 어느 날부터인가 세는 것을 멈춘 거야. 강간도 자주 일어났어. 연약한 젊은 남자들이 눈물과 피 범벅인 얼굴로 여기저기 얼룩을 묻힌 채 샤워실에서 나오는 것을 숱하게 보았지."

나는 눈두덩의 윗부분이 찢어져 피가 나고 살이 부어오른 모습들을 보았고, 입 가장자리에 정액이 말라붙은 것도 보았다. 후들거리는 몸체들과 처량한 나체들을 보았고, 가슴팍에 양팔을 그러모은 모습도 보았다. 수치심과 고통을 보았다. 때로는 호된 꼴을 당한 그들에게 다가가, 그들, 내 형제들을 가슴에 꼭 끌어안아주기도 했다.

순간 반사되는 베티의 눈빛에 멍든 육체들이 비쳐 보인다. 그녀의 망연자실한 시선 속에서, 멍든 존재들, 망가진 삶들, 끊긴 운명들, 박살난 희망들이 줄지어 간다. 떨리는 눈꺼풀 속에 인간의 분노가 깃들어 있다. 나쁜 감정들이다. 혹은 나쁜 기억인지도 모른다.

"감옥에서는 어린아이들한테 해를 끼친 죄수들은 봐주지 않아. 멸시하지. 단단히 손을 봐줘야 한다고 생각하고. 여자를 강간하고, 은행을 털고, 경찰을 죽일 수는 있어. 그건 허용돼. 그렇지만 어린아이들을 건드린 건 용서가 안 되지. 폭력배들한테도 나름의 도덕과 원칙이란 게 있거든. 만일 내가 아이를 죽였다면, 아마 그자들은 나를 죽도록 두들겨팼을 거야. 어쩌면 아예 없애버렸을지도 모르고. 내가 과실치사로 선고를 받았기 때문에 곱지 않은 눈으로 흘겨보는 정도에서 그쳤던 거지. 그렇지만 내게 아무 일도 일어나지 않았던 진짜 이유는 단 하나, 루크가 있었기 때문이었어."

베티도 내가 경계에 있었음을 인정해야만 한다. 나는 돌이킬 수 없는 짓을 저지르지 않았지만, 거의 그럴 뻔했다. 지금 이렇게 죽지 않고 살아 있는 것은, 내 삶을 붙들어주는 누군가가 있었기 때문이다. 모든 인간적인 것을 포기하기 위해서는 한 걸음, 아주 작은 한 걸음이면 충분했다. 나는 그 걸음을 옮기지 않았다. 또는 누군가가 나를 붙들어주었다.

"그렇다고 루크가 나를 자기 둥지 안에 거두어줬다고 할 수는 없을 거야. 아니, 그렇지는 않았어."

루크는 보호자를 자처한 적이 없었다. 처음에 나는 그에게 아무것도 아니었다. 전혀, 아무것도 아니었다.

"다들 우리를 조용히 내버려뒀어. 나를 공격하지 않은 건 틀림없이 루크의 보복이 두려워서였을 거야. 내게 해를 입히는 꼴을 그가 두고 보지는 않았을 테니까."

"우리가 쉽게 친해졌다고는 생각하지 마. 그에게 다가가고 적응하고 그가 나를 받아들이도록 하는 데는 시간이 걸렸으니까. 그는 누군가를 필요로 하지도 않고 누가 친밀하게 구는 걸 좋아하지도 않는 과묵한 사람이거든."

나는 수없이 많은 거부를 극복해야 했고, 수도 없이 매정한 거절을 감수해야 했다.

"내 인생에서 누군가에게 다가가려고 노력한 것은 그때가 처음이었어."

베티는 내가 먼저 사람들에게 다가가는 성격이 아니라는 말을 듣는다. 이 짧은 시간 동안 그녀는 자기 자신에 대해, 그리고 나와 가까워지기 위해 자신이 해야 할 일과 언젠가 무너질 수도 있는 우리 앞의 장애물에 대해 생각한다. 그녀는 이제 누군가가 자신을 앞질렀다는 것을 알게 되었다.

"그는 아무것도 묻지 않았어. 그냥 내 말을 듣기만 했어. 내가 말하기 시작한 건, 그가 내 말을 들을 거라는 확신이 들고 나서부터야. 그 전에는 오랫동안 침묵뿐이었지."

침묵과 상대의 고독을 존중함으로써 우리 사이에는 공모의식이 싹텄다.

아무 말도 하지 않는 것, 베티는 그게 무엇인지 안다. 그녀가 아주 잘할 수 있는 것이기까지 하다. 그녀도 자신의 장점을 잘 안다. 자기가 수다스럽고 소문을 퍼뜨리기 좋아하고 할 말이 넘쳐나는 여자가 아니어서 천만다행이라고 여긴다. 그러나 이제까지는 삼가고 주저하고 꺼리는 이 성격 때문에 타박을 자주 들었을 것이다. 보통 남자들은 품에 안겨드는 여자들을 선호한다. 베티는 마침내 자신의 절제하는 태도를 꺼리지 않으면서 가벼운 면도 싫어하지 않는 남자를 찾아낸 데 만족한다.

"자, 한번 상상해봐. 아주 가냘프고 자그마한 나는 축 늘어뜨린 기다란 팔에 비쩍 말라 볼썽사나운 몰골이야. 둥근 어깨에 점 여러 개가 있고 눈동자가 검은 그는 침울하고 어두운 모습이고. 그런데도 우리도 모르는 사이에 신뢰가 점차 자리를 잡아갔어. 그리고 애착으로 변했지. 우리가 이 애착의 무게를 깨달았을 때는 이미 너무 늦었어."

너무 늦었다고? 시선이 아주 분명하게 질문의 형태를 띤다. '너무 늦었다'는 그 말을 어떻게 해석해야 해? 그녀는 질문으로 활활 타오른다. 얼굴에는 오로지 질문하고 싶은 욕망만 드러나 있다. 그러나 그녀는 자제한다. 그러지 않으면 이제까지 조신하고 남의 자유를 존중하는 사람이라고 자부해온 건 어떻게 되겠는가?

"지루함에서 나를 구해준 사람도 루크였어. 감옥에서 지루하다는 게 어떤 건지 사람들은 상상도 못할걸. 정말이지 하는 일이 아무것도 없거든. 아니면 거의 없든가. 그나마 하는 일들은 정해진 시간에 기계적으로 해치울 뿐이야. 밥 먹고 산책하러 내려가고 텔레비전 보고 잠자고. 의미 있는 일이 없어. 하는 일이라곤 하나같이 쓸데없는 짓뿐이야. 그저 일 분 일 분이 흘러가는 것만 느끼지. 감옥에서는 시간 개념이 없어진다는 말은 믿을 게 못

돼. 다 헛소리라고. 오히려 그 반대로 믿을 수 없을 만큼 시간 감각이 발달하게 돼. 시계를 보지 않고도 정확하게 오 분이 지날 때마다 알아맞힐 수도 있어. 날짜도 정확하게 알지. 하루하루를 세고 있으니까."

베티는 수감자의 하루가 어제와 같은 오늘이고, 오늘과 같은 내일이라는 것을 알게 된다. 매일 똑같은 시간에 똑같은 기상벨이 울리고, 샤워기 아래 있는 몸은 늘 똑같은 몸이고 접시에 스테인리스 포크가 부딪치는 소리만 두드러질 뿐 똑같이 묵묵한 식사시간이 있다. 녹슨 문이 열리고 닫힐 때 나는 육중한 끼익 소리도, 면회실에 찾아온 사람을 알리는 목소리도 똑같고, 손얼룩으로 뒤덮인 창문 뒤로 보이는 피로한 얼굴도 똑같다. 이 복도 저 복도를 어슬렁거리는 몸체들도 똑같고, 저녁 텔레비전 프로그램 앞에서 부리는 짜증도 똑같고, 때때로 고독에 전 쾌락을 배출해내는 소리가 들려오는 어두운 밤도 똑같다. 이곳에서는 똑같은 절망을 나눠가지지만, 이 절망은 소통되지 않는다.

"또 해야 할 말이 있어. 초기에는 부모님이 가끔 날 만나러 왔었어. 그러다가 점점 뜸해졌어. 당신들 집을 팔고 팰머스에서 이사 간 후로는 더 오지 않았지. 메리앤은 한 번도 면회 온 적이 없었고. 마지막으로 메리앤을 본 건, 우리 집 문 앞에 굳은 채로 서 있는 모습이었어. 마을에 나타난 사내들이 나를 멀리 데려가던 날에."

베티의 얼굴에서 갑자기, 그리고 아주 확실하게, 나의 이 버려지고 내쳐진 이야기가 그녀 자신의 것이 된다. 이야기가 나에게서 그녀에게로 옮겨간다. 베티는 이런 종류의 포기를 알고 있다. 확신한다. 그녀는 사람들이, 가까운 이들이 떠나는 것을 보았다. 어느 날 그녀를 버린 그들을, 그녀는 그리워한다. 약해지는 모습과 일그러지는 얼굴이 바로 그 고백이다. 표정이 그녀를 배반한다. 그녀는 표정을 감출 줄 모른다. 불현듯, 라지브가 베티에 대해서 말했던 수수께끼 같은 문장이 떠오른다. "그렇게 웃기 위해 얼마나 많은 눈물을 흘려야 했을까요?" 이제야 그 말의 의미를 이해하겠다. 베티와 라지브와 나, 우리를 이어주는 것, 우리가 공통적으로 소유한 것이 무엇인지 알겠다. 그것은 물론, 추방당한 경험이다.

이 배척에서 벗어나려고 라지브는 런던을 떠났다. 나는 팰머스를 떠났다. 베티, 그녀는 그 자리에 남았다.

"그렇게 오 년이 흘렀어. 이제 당신이 모르는 것은 없어. 이 모든 것을 알고도 여전히 나랑 같이 사람들 앞을 지나다닐 수 있겠어? 여전히 나랑 같이 있고 싶어?"

베티가 나를 바라본다. 무슨 말을 해야 할지 모른 채. 숨을 죽이고, 할 말을 찾는 중이다. 무슨 말이든 해야 한다. 그러나 그저 바라보는 시선만으로 충분하기를 바란다. 그녀의 시선을 내가 나 편한 대로 해석하고, 그 시선에 내게 유리한 의미를 부여하기를 바란다. 그러나 그녀는 시선만이 능사가 아님을 깨닫는다. 그녀는 루크가 아니다. 그녀에게는 루크처럼 보이지 않는 힘이 없다.

베티는 내 앞에서 작아져 있다. 석류 소다수의 잔이 비었다. 이 몇 분 동안 그녀는 어느 때보다도 어린 여자애처럼 보인다. 금방이라도 울음을 터뜨릴 것 같다. 그녀는 눈물을 참고, 무슨 말이든 해야 한다. 그녀에게는 오래 생각하지 않고도 눈부시고 간결한 말을 곧잘 찾아내는 사람들과 같은 탁월한 능력이 없다. 성실한 사람들을 화나게 하고 노력파들을 절망시키는, 그 기지가 없다. 단지 떨리는 웃음과 빈약한 단어들만 있을 뿐. 그녀에게는 꺾인 청춘이 있고, 때이르게 주름진 복숭앗빛 피부가 있고, 도망치는 순수가 있다. 그녀는 매력적이고, 무방비 상태이다. 예쁘고, 어쩔 줄 모른다. 그녀는 무슨 말이든 해야 한다. 체인 로커의 모든 것이 그녀의 다음 말을 기다리느라 잠시 정지한 것 같다. 그녀의 말을 들으려고 시간이 멈춘다.

밖에서는, 하늘 또한 움직이지 않는다. 오후가 저물어가고 있다. 곧 고기잡이를 나갔던 남자들이 돌아올 것이다. 그때는 너무 늦을 것이다. 그녀는 더 말할 수 없을 것이다. 남자들이 들어오면 그녀는 말을 못할 것이다. 나는 시선을 내리깐다. 그녀에게 아무것도 강요하고 싶지 않다. 아무것도 기대하지 않는다. 그녀는 내게 갚아야 할 빚이 없다. 무슨 말이든 해야 한다는 문제는,

그녀와 그녀 자신과의 문제이다.

베티는 어떤 단어들을 사용해야 할지 모른다. 서툴고 모호한 말을 하고 말 것이다. 틀린 말, 잘못된 표현을 하고 말 것이다. 단어를 내뱉자마자 후회할 것이다. 그냥 하고 싶은 말을 정하고 내뱉어버리면 간단할 텐데. 단순하게 생각하고, 기본적인 것에 충실하면 될 텐데. 떠오르는 대로 말하고, 복잡하게 생각하지 않으면 될 텐데. 베티는 복잡한 여자가 아니다.

그녀는 석류 소다수를 한 잔 더 주문한다.

난데없이 불쑥 튀어나온 이 어린아이 같은 요청은 놀라울 따름이다. 분위기가 심각해지려는 순간, 베티는 석류 소다수를 주문한다. 예기치 못했던, 무사태평에 가까운 행동이다. 그녀는 이제까지의 나의 모든 회상과 그 회상에 실린 중력을 단번에 쓸어버린다. 칩거생활 이야기에, 아무것도 아니고 경박하고 무의미한 이 말을 들이댄다. 석류 소다수 한 잔이라니! 기발한 한 수이다. 이것은 내 말들을 다시 닫아넣는 그녀 나름의 방식이다. 물론 내 말을 다 들었고 어쩌면 잘 이해하기도 했으나, 이제는 다른 생각을 하고 불행의 되새김질은 끝내야 할 때임을 표현하는 그녀 나름의 방식인 것이다. 베티는 마음먹기에 따라 행복해질 수도 있고, 우리를 살리는 것은 가벼움이며, 위로가 소용없을 만큼 슬픈데도 동시에 즐거울 수 있다고 생각하는 사람임이 분명하다. 이러한 확신으로 그녀는 팰머스의 음울함과 싸워왔다. 이러한 확신으로 신문가게 주인 할망구의 지청구에 신경 쓰지 않을 수 있었고, 페스트 환자에게 웃음을 지어 보일 수 있었던 것이다.

종업원이 그녀 앞에 잔을 가져다놓고는 내게도 주문할 게 있느냐고 묻는다. 나는 곧 나갈 거라고 답한다. 밤이 왔고, 밤과 함께 지친 남자들도 돌아왔다. 베티가 몹시 목이 마른 아이처럼 석류 소다수를 단숨에 들이켠다. 나는 그녀에게 어쨌든 시간이 있다고, 급할 것 없다고 말해준다. 그녀의 입술이 빨갛다. 그 입술로 웃음을 지어 보인다. 공모의 웃음이다. 나는 계산을 하고, 우리는 체인 로커를 나선다.

우리는 카페 앞 보도에 서서 어떻게 작별해야 할지 망설이고 있다. 이제는 정말 베티가 무슨 말이든 해주었으면 좋겠다. 산더미 같은 내 말들 속에, 그녀는 고개를 끄덕일 뿐 아무것도 할 수 없었던 내 모든 이야기 속에, 내 밑도 높은 고백 속에 나를 혼자 내버려두지 말았으면 좋겠다. 지금이라도 그녀가 무슨 말을 한다면 내 기분도 조금은 홀가분해질 것 같다. 그러면 우리는 동등해지고, 나도 더는 독백의 고독에 빠진 듯한 기분이 들지 않을 것 같다. 내가 체념하고 침묵을 받아들이려는 찰나, 그녀가 말을 던진다. “우리 물론, 내일 다시 만나는 거지?” 물론. 그녀가 발길을 돌린다.

그녀가 또다시 내 집 앞에 서 있다. 베티 캘러헌이. 그녀가 멜빌 로드 325번지의 초인종을 누른다. 이제 우리 집 주소는 모르는 사람이 없다. 길은 호기심 많은 사람들에게 열려 있다. 분명 누군가가 관광객들에게 손가락으로 집을 가리켜 알려주기도 했을 것이다. 괴물의 집이라고 말하거나, 그 비슷한 식이었을 것이다. 이 집을 보려고, 집의 외관을 관찰하고 이 집이 범죄자의 거처가 될 수밖에 없었던 이유를 자신 있게 들춰내려고 멀리서 찾아온 사람들도 있었다. 언젠가는 광고전단을 돌리고, 단체 관광을 조직하고, 선정적인 이야기들을 지어내는 사람들도 등장할지 모르겠다.

베티가 열린 문 앞에 서 있다. 등뒤로는 파수꾼 같은 등대와, 바다와, 멀리 순항중인 여객선의 활대가 보인다. 그녀는 두 손을 모으고 있는데, 손가락으로 작은 베이지색 핸드백의 끈을 배배 꼬고 있다. 손님을 맞이하는 것은 정말이지 오랜만이다.

베티는 "근처를 지나는 길이었거든. 그래서 그냥 한번 초인종을 눌러봤어"라고 말하지 않는다. 꽃노래를 읊조리지 않는다. 복잡한 말을 지어내지 않는다. 게다가 내 쪽에서도 그런 말은 믿지 않을 것이다. 아니, 그녀는 평소의 버릇대로 아무 말도 하지 않는다. 그저 엷은 미소를 띠고 나를 바라보기만 한다. 그러다가 들어가도 되느냐는 나름의 의사 표현을 위해 고개를 앞으로 약간 내민다. 나는 비켜서서 길을 내준다. 몇 명의 여자가 여기까지 왔던가?

나는 소리나지 않게 조심하며 베티의 뒤에서 문을 닫는다. 그녀가 거실 쪽으로 향한다. 목덜미가 곧고, 엉덩이는 좁다. 그녀는 머뭇머뭇 걸음을 옮기면서, 조심스럽고 짧게 스치는 눈길로 이 방 저 방을 살핀다. 그리고 절벽을 향해 난 창문 쪽으로 다가간다. 자신의 길을 간다.

베티는 "집이 텅 비어 있으니 신기하네. 이렇게 크고 휑한 방들이라니"라고 말하지 않는다. 상투적인 말은 덫임을 아는 것이다. 그녀는 침묵을 고집한다.

나는 "뭐 마실 것도 권할 수 없는 형편이야"라고 말하지 않는다. 집이 텅 비었고 방들이 휑하다는 것이, 권할 게 아무것도 없다는 것이 뻔히 보이기 때문이다.

나는 베티가 서 있는 창가 옆에 있는 창문을 활짝 연다. 마치 한겨울 같은 기세에 그녀가 움찔 놀란다. 그렇지만 집 안에 바깥 공기를 들여야 한다. 바다와 바다 공기, 절벽에서 부서지는 파도 소리, 갈매기들의 울음소리, 여객선의 연기, 먹구름, 곧 비가 쏟아질 듯 위협적인 하늘을 안으로 들여야만 한다. 나를 두렵게 만들고 위험하기까지 하며 재난으로 이를 수도 있을 이 밀착감 속에 그녀와 나 단둘이 남지 않기 위해, 밖에 있는 것들을 안으로 들어오게 해야 한다.

베티는 반사적으로 양팔로 몸을 감싸고는 무의식적으로 어깨를 문지르며 창가에서 물러난다. 그러나 창문을 다시 닫아달라는 말은 하지 않는다. 내 의도를 알아차린 것이다. 그녀는 바다를 증인 삼아서라도 이야기를 할 요량이다.

베티는 내가 체인 로커에서 한 이야기에 대해 많이 생각해보았다고 한다. 감옥생활, 폭력, 무료함, 루크. "그 모든 것에 대해서 말이야." 머릿속에서 문장들을 굴려보았고, 거의 모든 것을 기억한다. 원한다면 내가 놀랄 정도로 정확하게 이야기 하나하나를 재현해 보일 수도 있다. 나는 기꺼이 그녀의 말을 믿는다.

그녀는 자기에게 달라진 것은 아무것도 없으며, 나에 대한 감정은 변함이 없다고 말한다. 물론 내 얘기가 머릿속을 밝혀준 부분도 있고, 열쇠가 되어준 부분도 있다. 이 모든 것, 진실, 매우 개인적인 것들, 그래서 거의 말로 설명할 수 없는 것들을 알게 된 것은 중요한 일이었다. 그렇게 마음 깊숙한 곳의 이야기까지 털어놓아준 데 감사한다. 그러나 정말이지 달라진 것은 아무것도 없다. 나에 대한 생각이 더 좋아지지도 더 나빠지지도 않았다. 이러나저러나 나는 똑같은 사람이다.

"내가 좋아하는 사람."

그리고 그녀는 말을 멈춘다.

그녀가 좋아하는 사람. 이것은 분명 입을 닫기 직전에 그녀가 발음한 단어들이다. 그녀는 나를 이 말과 함께 남겨놓았다. 이제 말을 해야 할 사람은 나다. 일전에 화물 창고까지 같이 갔을 때 이미 비쳤던 말이기도 하다.

베티는 좋아한다는 고백을 하겠다는 단 하나의 목적을 가지고 나를 찾아온 것이다. 그녀는 말이 많은 여자가 아니다. 대개는 깊이 상처받은 사람 특유의 신중함으로 절제하며 그저 관망만 하는 편이다. 그러나 뛰어들어야 할 때는 팔을 걷어붙인다. 장갑을 끼지 않는다. 망설이지도 않는다. 요컨대, 뛰어내리는 순간에는 겁을 내지 않는다.

베티의 말이 귓속에서 윙윙거린다. 돌연 다른 소리들이 집 안에서 사라진다. 바닷물이 노호하는 소리, 창살을 때리기 시작하는 빗물이 찰싹거리는 소리, 어선의 돛이 펄럭이는 소리, 여름의 끝자락을 장식하는 거친 폭풍우를 예고하는, 그러나 이 마을에서는 흔한 소음인 맹렬한 바람 소리, 삐걱대는 덧문 소리는 이제 들리지 않는다. 나를 세상과 차단하는, 이 망할 윙윙거리는 귀울림에만 머물러 있어서는 안 된다.

베티는 자기의 선언이 끌어낼 반응을 살핀다. 조바심을 내지도 않고 특별히 불안해하는 눈치도 아니다. 의무를 다한 사람들이 그렇듯 초연해 보인다. 그녀는 운명을, 적어도 자존심을 내 손에 맡긴 채, 내가 어떤 결정을 내렸는지 알게 되길 기다린다.

내 입에서 나오는 말이 나도 놀랍다. "고마워. 그 솔직함과 자유로움이 당신다워." 베티가 이 말을 승낙으로 받아들이는 것을 보는 데는 일 분도 채 걸리지 않는다. 베티의 얼굴에 웃음이 크게 번진다. 나는 그녀의 웃음에 처음으로 소름이 돋는다.

나는 베티가 그렇게 웃는 것을 원치 않는다. 몹시 불편하다. 베티가 나를 좋아해주길 원치 않는다. 생각조차 할 수 없는 일이기 때문이다. 그러나 베티, 그녀는 내 동의에 신이 나 있다. 나는 늘 결정적인 순간에 알맞은 말을 찾지 못했다. 메리앤과 결혼한 것도 아직 '노'라고 말하는 것이 가능했던 때 '노'라고 말할 생각을 못했기 때문이었음이 기억난다. 나는 자주 의지와 혜안이 부족했고, 그 때문에 몇 년의 젊은 시절을 잃었다.

베티가 열린 창밖으로 몸을 내민다. 지나가는 어선에, 집 안으로 들어오는 추위에, 몰려드는 바깥의 모든 것에 몸을 내맡긴다. 그러더니 세상에서 등을 돌리고 나를 마주 본다. 이제 그녀는 말을 시작할 것이고 멈추지 않을 것이다. 내가 그녀 안의 뭔가를 해방시켰기 때문이다. 내가 댐의 수문을 열었기 때문이다. 이제부터는 말의 홍수가 범람해서 밀려들 것이다. 휑한 방들과 텅 빈 집, 모든 공간을 침범할 것이다. 나는 그녀를 막지 못할 것이다. 나의 비겁함이 기억난다.

"사랑에 빠지리라고는 상상도 못했어. 내가 사랑을 기다리고 있었다고 생각하지는 마. 어쨌든 당신도 내가 남자를 찾는 여자가 아니라는 건 눈치 챘을 테니까. 남자들에 대해서 내가 배운 것이라곤 그들을 경계해야 한다는 것과 그들 없이 살아야 한다는 것뿐이야."

베티에게 다른 속셈이 있을 거라는 의심은 하지 않는다. 그녀는 진실을 말했으리라. 그렇다. 틀림없이 이리저리 재고 따지고 계산한 일은 아닐 것이다. 본능에 따르는 이 방식은 지극히 베티답다. 그러나 이런 일을 예상하지 못한 듯한 그 태도에도 불구하고, 나는 그녀의 말 속에서 언뜻, 그녀가 미리 마음의 준비를 했을 수도 있겠구나를 눈치 챈다. 개인적인 고통이 준 교훈일 것이다.

"당신과 같이 있으면서 처음으로 남자를 경계하지 않아도 되겠구나라는 생각이 들었던 것 같아. 조심하지 않아도 되고 당할까봐 겁내지 않아도 되는 남자, 아무 계산도 꿍꿍이도 없는 남자를 만났다는 건 엄청나게 특별한 일이야. 휴식이라도 얻은 기분이야. 상대의 계획을 수포로 만들고 상대의 말과 행동을 해석하느라 진을 뺄 일도 없고, 함정에 빠졌다고 한탄하게 될까봐 안절부절못할 필요도 없고. 응, 이건 정말이지 어마어마한 호사야. 아마 모든 여자들의 꿈일걸."

어쩌면 우리는 여자들을 위해 아무것도 해선 안 되고, 여자들을 안심시키기 위해 어떤 시도도 해선 안 되는 게 아닐까? 여자들 스스로 우리 팔을 끌어다가 그녀들의 허리에 두르게 하기 위해서는, 그저 가만히 팔을 내려뜨리고 있어야 하는 게 아닐까?

"그 순수함*은 선물과도 같아. 순수라는 단어는 당신을 위해 일부러 쓴 거야. 맹세코 당신만큼 순수한 사람은 못 봤어."

베티가 정곡을 찌른다. 가끔 그녀는 정말 기발한 수를 둔다. 이렇게 해서 나, 죄인이자 죄수이고 벌 받은 놈이자 전과자인 나는 웃음이 매력적인 젊은 여자 덕분에 아무 일도 없었다는 듯 모든 죄를 씻고, 갓 태어났을 때처럼 순결해지고 다시 깨끗해진다. 감탄스럽다. 좀 난해한 주장이긴 하지만, 여하튼 감탄스럽다.

"아이가 죽은 사건이 일어났을 때 나는 열여섯 살이었고, 동네에서는 어딜 가나 그 애기뿐이었어. 그후 오 년 동안 나는 당신이 유죄인 게 확실하다고 생각했고 조금도 의문을 품지 않았

---

* 원문에 쓰인 단어는 'innocence'로, 순수, 순결 외에 무죄, 결백의 의미도 있다. 여기서도 중의적으로 쓰인 것으로 볼 수 있다.

어. 그렇지만 오늘 보니 당신은 이론의 여지 없이 결백해. 아이가 죽었다는 사실도 이건 어쩌지 못해."

그만 입을 다물어야 한다. 이런 종류의 말은 입 밖에 내선 안 된다. 베티는 자신이 한 말의 엄청난 무게를 깨달아야 한다. 그럼에도 그녀의 어투에는 진실이 담겨 있다. 거짓말을 하는 것이 아니다. 그녀는 거짓말을 할 줄 모른다. 그녀의 확신은 무너지고 말리라.

"또 당신은 선량해. 마른 체격과 데면데면한 태도와 성치 않은 다리 때문에 선한 인상을 풍겨. 해로운 사람이 아니라는 걸 알 수 있지. 나는 아무 위험도 없을 거라는 확신이 필요하거든."

명백하다, 베티가 필요로 하는 것은 안전하다는 느낌이다. 지금 이 순간 그녀를 끌어당겨 꼭 안고서, 아무 일도 없을 거라고 약속해주고 싶다. 그녀는 그리 연약하지도 허술하지도 않은데. 그러나 그녀의 시선에 어린 아이의 공포는 사라지지 않는다. 베티가 옳다. 나는 그녀에게 해를 가하지 않을 것이다. 나는 단지 여덟 살 난 어린아이를 배에서 밀어버렸을 뿐이다.

"그리고 여전히 잘생겼고. 난 아주 어릴 때부터 당신이 잘생겼다고 생각했어. 지금 고백하지만 난 당신과 정기적으로 동네에서 마주쳤고 그때마다 당신을 유심히 살펴봤어. 그때 이미 내가 사랑할 남자는 당신과 닮았을 거라고 생각했지. 당신은 내게 눈길 한 번 준 적 없지만. 결혼해서 아내와 자식들이 있는 서른 살 남자들은 열여섯 살짜리 여자애들을 흘금거리거든. 그런데 당신, 당신은 절대 그러지 않았어."

무슨 말을 하는 건지 모르겠다. 내가 잘생겼다는 건 그녀가 지어낸 이야기다. 그렇지 않다. 나는 지극히 평범해서 군중 속에 섞여 있으면 눈에 띄지도 않고 시선을 끌지도 않는다. 더구나 외모가 평범하다는 사실은 흉이 아니다. 나는 내 외모에 이미 익숙하다. 그런데 왜 그런 이야기를 지어내는가? 그러나 베티가 틀리지 않은 한 가지가 있다. 아닌 게 아니라 나는 길에서 여자들을 돌아본 적이 한 번도 없다. 그러고 싶다는 생각이 들지 않았기 때문이다.

"나는 그때의 잘생긴 남자를 되찾은 거야. 그렇게 어깨를 들썩거릴 거 없어. 정말이라니까. 여전히 잘생겼어. 피로와 감금생활로 얼굴이 좀 상하긴 했어도 기본적인 건 그대로야. 외모의

본바탕은 변하는 게 아니니까. 유순한 분위기도 여전하고."

나는 침묵으로 동의한다. 사람의 얼굴에는 나이가 들고 추해지고 시련을 겪어도 죽을 때까지 없어지지 않는 본모습이 있다. 그것이 유순함일 수도 있다. 혹은 어린 시절이나 불행일 수도 있을 것이다.

"이런 말은 늘 하는 게 아니야. 내가 남자들에게 늘 이런 식으로 말할 거라고는 생각하지 마. 실은 이번이 처음이야. 십대 소녀들이나 품는 열광 같은 거라고도 생각하지 마. 나는 학교를 오래 다니지는 않았지만, 두 발로 땅을 디디고 머리로 똑바로 생각하는 데는 아무 지장 없으니까."

"나이 차는 아무렇지도 않아. 전혀 문제될 것 없어. 그건 중요하지 않아. 사람들은 나이 차를 대단하게 생각하고 문제점을 캐내려 하고 떠들어대겠지만, 우리는 신경 안 써도 될 것 같아. 모든 건 생각하기 나름이야. 그리고 우리는 사람들이 하는 말에 신경 쓰는 타입들이 아니잖아, 당신과 나는. 안 그래?"

나는 어쩔 수 없이 내 눈에 보이는 우리의 차이에 대해 얘기하고 싶어진다. 베티가 무슨 말을 하건, 우리의 차이는 비켜갈 수가 없다. 실제로 어떻게 베티의 보드라운 분홍빛 피부와 나의 칙칙하고 거친 피부의 차이를 못 알아볼 수 있겠는가? 그녀의 생기와 나의 피로, 그녀의 천진함과 나의 경계심, 그녀의 희망과 나의 회상, 그녀의 욕망과 나의 공포의 차이를 어떻게? 베티가 말하는 사람들, 그 사람들이 아무리 피상적인 것밖에 못 본다 할지라도 장님은 아니다. 설령 우리가 그들을 이긴다 해도, 한 겹만 긁어내면 그 아래 있는 것이 보이지 않을 수는 없다.

베티는 나를 기쁘게 해주려고 계속 말한다. "당신이 나보다 늙었다고 생각해본 적 없어. 물론 우리 사이에는 몇 년의 세월과, 당신은 겪고 나는 겪지 않은 것들로 인해 벌어진 간격이 있기는 해. 그렇지만 그런 건 중요하지 않아. 안 그래?"

의도한 건 아니었겠지만, 이 점에 관해서는 베티가 옳다. 우리 사이의 간격을 나이라는 문제로, 단순히 이 하나의 문제만으로 축소하는 것은 잘못이다. 우리의 차이는 그보다 더 깊고, 그보다 덜 헤아리기 쉽고, 나아가 불행의 원인이 될 수도 있는 그 무언가에 관한 문제이다.

"그리고, 당신과 나, 우리는 약간 닮지 않았어? 어쨌든 이 동네에서 다른 사람들과 비슷한 구석이 없는 사람들은 우리 둘뿐이잖아."

베티가 정곡을 찌른다. 석류 소다수의 젊은 여자는 너무 빨리 자란다. 그녀와 나, 우리는 같은 얼굴을 하고 있다. 배척당하고 고립된 자들의 얼굴. 타박상을 입고 흉터가 지고 멍이 든 얼굴이기도 하다. 물론 우리의 불행이 전국 방방곡곡을 울릴 만큼 기막힌 것도 아니고, 우리보다 사연이 더 기구한 사람도 얼마든지 많을 것이다. 그러나 우리 상황이 그다지 밝지 않다는 것은 고백해야겠다.

베티가 또다른 표현을 덧붙인다. "우리는 생존자들이야. 거친 바다도 우리를 삼키지는 못했으니까." 정말 그렇다고 확신할 수 있을까?

베티는 자신이 끌어들인 비유가 서툴고, 나아가 잔인할 수도 있다는 걸 알까? 설령 미처 그런 생각을 못했고 그럴 의도가 아니었다 하더라도, 바다의 비유는 불가피하게 나를 익사한 아이에게로 데려간다. 검은 물속에 가라앉아 손상되어, 천천히 마모되고 부식되고 해체되고 산산이 흩어지는 시체로 나를 이끈다. 베티, 돌아오지 못하는 표류자들도 있어.

"우리는 생존자들이야."

나는 여자들이 하고 싶어하는 것을 막아본 적이 없었다. 세상의 흐름과, 여자들의 힘에 대항한 적도. 나는 여자들에게 내재한 위험을 보았고, 때로는 그녀들이 드러내는 위협도 보았다. 여자들에게는 멈추게 하지 않으면 눈에 띄는 모든 것을 초토화할 수 있는 능력이 있다는 걸 배웠다. 그래도 여자들을 용서해야 한다. 왜냐하면, 그녀들은 자기들이 무슨 일을 하고 있는지 모르기 때문이다. 어쨌든, 늘 아는 것은 아니다. 실제로 여자들은 자기 자신의 힘의 위력이 어느 정도인지 정확히 모른다. 흔히 자신의 매력과 남자들을 휘어잡을 수 있는 노련함의 정도를 제법 정확하게 측정할 수 있고, 자신의 장점과 무기가 무엇인지 속속들이 꿰고 있는 반면에, 자신이 무엇을 할 수 있고 어느 정도의 손상을 입힐 수 있는지는 완전히 가늠하지 못하는 것이다. 물론 여자들을 구해주는 것은 바로 이 무지이다. 결국 이 무지 때문에 여자들을 탓할 수가 없으니까. 자연재해가 일어났을 때, 자연에 책임을 전가할 수 없는 것과 마찬가지다.

나는 베티를 바라본다. 이제 그녀는 경계선을 넘어 다른 쪽으로 건너가 내가 따라잡을 수 없는 말을 꺼낼 것이다. 그 말을 듣고 어떻게 할지 결정할 사람은 나, 순전히 나 혼자가 될 것이다. 파멸을 받아들일지, 아니면 내 본연의 모습을 지키기 위한 싸움을 계속할지. 베티는 지금 대지진의 기로에 있다. 그녀의 눈동자에 열기와 잃어버린 통제력과 남자들을 향한 저주가 어른거린다.

내가 이 저주를 처음으로 엿본 것은 메리앤의 눈동자 속에서였다. 그러나 그때는 충분히 주의를 기울이지 못했었다. 이야기가 반복되어야만 할까?

"내겐 아들이 하나 있어. 이름은 아서고, 나이는 두 살이야."

자, 드디어 올 것이 왔다. 베티가 경계선을 넘었다.

“나 혼자 키우고 있어. 애 아버지는 아이가 태어나기도 전에 떠났어. 내가 임신했다는 사실을 알자마자 도망가버렸지. 말 그대로, 스물네 시간이 되기도 전에 줄행랑을 쳤어. 저녁에 집으로 돌아와보니, 그 사람 물건들이 없었어. 마을 사람들이 펜데니스 라이즈에서 그 사람을 봤대. 여행가방 두 개를 들고 열차를 타더래. 그후로는 아무도 그 사람을 다시 보지 못했어.”

아이가 자라는 배를 안고서 썰렁한 집으로 돌아가는 베티의 모습을 상상해본다. 스무 살도 되지 않은 그녀를. 우리의 존재가 결정되는 순간들에 대해서 생각해본다.

“아주 젊은 남자였어. 인생이 어린애 하나 때문에 부대끼는 걸 원치 않았겠지. 아이를 갖기에는 너무 이르다고 생각했을지도 모르고. 아니면 내가 같이 아이를 낳아 기르고 싶은 여자가 아니었거나, 그도 아니라면 자기가 선택한 일이 아니니 아무 책임이 없다고 생각했던가. 자기 아이를 밴 여자를 버리고 도망칠 그럴듯한 이유는 수도 없이 많을 테니까. 그래, 솔직히 이유가 부족해서 도망을 못 가진 않지. 그렇지만 그 모든 것이 결국은 비겁함에 대한 이야기로 귀결돼. 인류의 역사만큼이나 오래된 이야기 말이야."

인류의 역사만큼이나 오래된 이야기.

머무는 것이 용기였을까? 아니면 그렇게 곧바로 떠나는 것이 용기였을까? 똑같은 상황에서 나는 질문에 아무 답도 하지 않았고, 그런 내 행동은 자동으로 떠나지 않는 것을 답으로 만들었었다. 그 젊은 남자, 그는 주저 없이 답을 내놓았다. 그는 지금이 더 만족스러울까, 아니면 더 불만일까? 여하튼, 적어도 운명을 스스로 결정하지 못했다는 후회는 없을 것이다.

"또 아주 정직해지자면, 그만큼 사랑이 없었다는 얘기가 될 거야. 사랑하지 않는 데는 어쩔 도리가 없는 거야."

그렇다.

"지금은 그렇게 그 사람을 원망하지 않아. 아이는 잘 자라고, 나도 잘 키우고 있으니까. 아이가 웃을 때면 모든 게 잘될 거라는 생각이 들거든."

나는 자기가 발을 들여놓은 길이 옳다고 스스로를 설득하려는 베티의 노력을 응시한다. 자신이 한 말을 믿으려는 그 서툰 시도와, 자기가 나쁜 길로 접어들지 않았음을 확인해야 하는 필요성을. 나는 인생의 장난에 놀아난 젊은 여자들이 어떤 모습이 되어 있는지 응시한다.

"다른 식으로 해결할 수도 있었을 거야. 열여덟 살 여자애가 낙태하는 건 우리 동네에서 드문 일이 아니니까. 그런 일에 놀라는 사람은 이제 아무도 없어. 크게 동정하지도 않고 약간 혐오스럽게 여길 뿐이지. 눈을 질끈 감고 입술을 꽉 깨물고서, 다음 단계로 넘어가면 되는 거라고. 심각할 건 하나도 없어. 그렇지만 나는 아이를 낳기로 결심했어. 잠시 추문을 감수해야 할 시기가 있었지만 남의 의견, 남이 퍼뜨리는 소문들에는 개의치 않아."

여전히 허세다. 마치 버티고 서 있을 힘을 허풍에서 길어올리려는 듯이, 벽을 들이받기 전에 준비해놓아야 할 것이 허세라는 듯이. 나도 그녀와 별반 다르지 않다. 다른 것이 있다면 그녀보다 약간 더 환멸에 차 있다는 것뿐.

"이 일로 좋은 세월을 다 놓치고, 난 아무도 원치 않는 여자가 되었어. 남자들은 금세 나에 대한 관심을 끊었어. 어쩌다 다가오는 남자들은 팔자 사나운 여자와 재미 한번 보려는 속셈이었고. 그들 중 몇몇에게는 못 이기는 척 넘어가기도 했어. 육체는 약한 거라는 말들을 하지, 아마?"

그녀의 몸 위에 얹히는 어부들의 두툼한 손과, 그녀의 입술을 막는 그들의 탐욕스런 숨결과, 그녀의 배 위에서 왔다갔다하는 조급하고 서툰 그들의 몸놀림과, 그녀의 골반에 방울져 떨어지는 그들의 땀과 정액을 떠올린다. 길을 가는 그녀에게 경멸을 표하는 어부들의 모습을 짐작하고, 몸을 섞은 다음 날 마주친 그녀에게 어깨를 으쓱해 보이는 모습을 추측한다. 정직한 시민이 양심의 가책을 느끼지 않으려고 멸시의 태도를 취하는 데는 그리 비싼 비용이 들지 않는다. 게리 밀러와 그가 보내던 야유가 떠오른다.

"이제는 지나가는 남자들과도 끝장낼 수 있고, 내 아들에게도 드디어 아빠가 생기겠다는 느낌이 들어."

자, 이렇게 해서 베티는 경계선을 넘었고 이제는 저기 건너편에 서서 손을 내민다. 이번에는 내가 경계선을 넘어오도록.

나는 이 내민 손을 어떻게 해야 하는가? 마지막 기회를 거머쥐듯 이 손을 붙잡아야 하는가? 구명튜브를 붙잡듯 덥석 낚아채야 하는가? 희망을 붙들듯, 매달려야 하는가?

아니면, 악마의 손길이라도 되는 것처럼 고개를 돌려야 하는가? 잿더미로 변할 위험이라도 있는 것처럼? 손을 잡는 순간, 석상으로 변해버리기라도 할 것처럼?

베티의 시선은 베푸는 것 같으면서도 동시에 간청하는 것 같고, 확신하는 것 같으면서도 동시에 불안해하는 것 같다. 내 질문에 아무 대답도, 도움도 못 되는 시선이다.

확실히, 내 운명을 베티의 운명과 엮을 수도 있을 것이다. 그래, 그럴 수 있을 것이다. 우리의 차이를 지워나가고, 사람들의 비아냥거림을 참아내며, 난생처음 나를 진정으로 사랑해주는 누군가에게 인생을 맡길 수도 있을 것이다. 그리 어려운 일이 아닐 것이다. 나는 훨씬 더 나쁜 일도 겪었다. 이것은 휴식과 휴양이 될 것이다.

게다가 이 사랑은 예기치 않은 것이다. 뜻밖의 횡재인 것이다. 나의 과거, 팔의 흉터, 악몽을 꾸며 고함을 질러대는 밤들, 질질 끄는 다리, 이 모든 것과 함께 나를 있는 그대로 기꺼이 받아들여줄 여자는 자주 만날 수 있는 게 아니다. 만일 이 여자가, 빨간 입술에 어린아이 같은 얼굴을 한 이 여자, 험한 시련을 겪고 나서도 발랄함을 잃지 않은 이 여자가 나를 원한다면 나로서는 시큰둥해할 이유가 없다.

또한 새로 아들을 얻는 것도 나쁘지 않을 것이다. 베티가 그렇게 제안했으니. 또다른 의붓아들, 그렇지만 이번에는 거짓말을 하거나 나를 속인 것이 아니다. 새로운 아들은 출발의 전제가 되고, 부권父權의 찬탈이 될 것이다. 어쩌면 아이의 존재가 삶을 훨씬 더 단순한 것으로 만들어줄지도 모른다. 나는 아이를 키우는 것을 도울 것이다. 학교에 데려다주기도 하고, 서커스장이나 축구장에도 데려가고, 치과에도 같이 가줄 것이다. 둘이서 어선을 타고 바다에 나가기도 하겠지만, 이번에는 둘이서 함께 돌아올 것이다. 나는 아이를 잘 보살필 것이고, 어떤 위험도 닥치지 못하게 할 것이다. 나는 마침내 갱생이 가능하다는 것을 믿게 될 것이다. 팰머스의 주민들, 그들은 계속해서 우리를 질색하며 바라볼 것이고, 우리가 다시 추락하기만을 지키고 서 있을 것이다. 기적이란 존재하지 않으며, 인간의 근본은 변하지 않는다고 그들은 굳게 믿는다.

우리는 멜빌 로드 325번지에 살게 될 것이다. 페인트칠을 다시 하고, 벽지를 새로 바르고, 새 가구를 사들일 것이며, 차근차근 집을 꾸며나갈 것이다. 우편함에 우리 이름을 새겨 붙이고, 라지브네 가게의 단골이 될 것이며, 케이블 TV를 신청할 것이다. 베티는 여전히 신문가게에 나갈 것이고, 나는 고깃배에 일자리를 얻을 것이다. 체인 로커의 내 자리를 도로 찾아 아침마다 들러서 묵묵히 앉아 있는 일도 빼먹지 않을 것이다. 이렇게 해서 나는 첫번째에는 실패했던 삶에, 정돈되고 단순한 삶에 성공할 것이다. 그건 아무것도 아닌 것이 아니다.

이런 생각을 하는데, 문득 내 입에서 나오고 있는 어떤 문장이 들려왔다. 베티도 듣고 있는 이 문장은 저절로 나오다시피 하고 있으며, 긴급한 진실의 선언, 혹은 판정의 어투를 담고 있다. "당신의 제안을 받아들이고 싶지만, 그건 불가능해. 난 다른 사람을 기다리고 있거든."

베티의 시선이 내게 고정되었다. 몇 초 사이 그녀의 눈동자에는 모욕감만큼이나 놀라움이, 슬픔만큼이나 분노가, 곧 맺히게 될 눈물만큼이나 원한이 서린다. 세상 하나가 무너진다.

그 즉시 베티는 자리를 뜬다. 뚜껑을 열면 튀어나오는 장난감 상자의 인형처럼, 밖으로 튀어나간다. 그리고 뛰어서 도망친다. 창문을 통해 보니, 베티의 작은 몸이 사지를 이리저리 뻗으며 절벽의 가장자리를 달리고 있다. 떨어질 듯 말듯 아슬아슬하게 균형을 잡으며 정신이 나간 것처럼, 고삐가 풀린 것처럼 마구 달린다. 그녀의 모습이 멀어지면서 불분명한 점이 된다.

예의를 지키느라 누군가를 기다리고 있다는 사실을 감출 수는 없었다.

책 넷

루크 혹은 구원

그는 14시 38분 열차로 도착했다. 그가 탄 칸에는 승객이 네 사람뿐이었다. 여행은 불편하지 않았다. 그는 열차를 타는 동안, 신문을 읽지 않았다. 다만 젖은 창에 이마를 비스듬히 기대고서, 특별한 주의를 기울이지 않은 채 지나가는 풍경을 바라보거나, 유리창에 반사된 얼굴을 때리는 폭우를 바라보았을 뿐이다. 철로를 따라 달리는 금속 바퀴의 소음은 거슬리지 않았다. 나중에는 아예 바퀴 소리가 들리지 않게 되었을 정도였다. 그는 종착역에서 내렸고, 이제 더 멀리 가지 않으리라는 것을, 다 왔다는 것을, 여행의 끝이라는 것을 알았다.

그는 손목시계를 흘긋 보았다. 열차는 제시간에 도착했다. 영국철도공사도 항상 욕을 먹을 정도는 아니라는 생각이 들었다. 그는 누구와도 마주치지 않고 역을 가로질렀다. 다른 승객들에게도 마중 나온 사람들이 없었다. 그는 일단 역사를 나서자 옷깃을 세우고 담배에 불을 붙인 다음, 항구를 향해 걸었다. 여행가방은 들고 있지 않았다.

가랑비가 그의 검은 머리칼에 아주 미세한 물방울들을 흩뿌려놓았고, 이따금 바람이 레인코트 자락을 들어올렸다. 나는 그에게 팰머스의 잿빛 하늘에 대해 이야기해주었었다. 그는 체인로커의 입구를 알아보고 그곳으로 들어갔다. 종업원이 날이 으슬으슬하다고 한마디 하고는, 따뜻한 것이라도 드시라고 권했다. 그는 대답 대신, 멜빌 로드 325번지는 어느 길로 가면 되느냐고 물었다.

또다시 경찰이 찾아오고 사건이 시작되었다고 생각하는 눈치인 종업원은 막연히 불안해하면서도 조금은 불쾌한 기색으로 정보를 제공했다. 깃을 세운 외투의 남자는 짧은 인사말을 건네고, 곧장 카페를 나왔다. 그는 종업원이 가르쳐준 길인, 손바닥만 한 집들이 줄지어 있는 절벽 가장자리의 길을 따라 걸었다. 길 이름이 쓰인 표찰들을 확인하고 바람에 맞서면서, 공중전화 부스를 지났다. 단호한 발걸음이었다. 그는 멜빌 로드 325번지에 도착해서도 특별히 주춤거리는 기색 없이 문을 두드렸다. 그가 지금, 내 앞에 서 있다.

나는 기다리고 있었다.

나는 그의 검은 눈동자와 젖은 레인코트로 감싸인 둥근 어깨를 본다. 얼굴은 미동도 없이 굳어 있다. 피부는 하얗고 청결하고, 입술은 봉해져 있다. 웃음기 하나 없고, 재회에 대한 소감 한 마디 없다. 늘 그러듯이 모든 표현을 아낀다. 그는 말을 해야 할 순간을, 봇물이 터진 듯 말을 쏟아내지 않고는 못 배기게 될 순간을 늦추고 있다. 다만 지금은 돌덩어리가 된 채 침묵한다. 중요한 것은, 그가 지금 여기 있다는 것이다. 문틀에 잘린 것처럼 보이는 몸과, 검은 눈동자와, 둥근 어깨가 여기 이렇게 있다. 그의 뒤에 있는 바다가 자취를 감춘다. 절벽과 부서지는 파도와 바위도 이제는 존재하지 않는다. 구불구불한 길과 줄지어 늘어선 집들과 바람을 비롯한 온 세상은 이제 존재하지 않는다. 오로지 그만이 있다. 세상이 그 한 사람으로 축소된다. 또다시.

나는 비켜서서 길을 내준다. 그가 내 집에 들어온다. 내 곁을 스치는 그에게서 냄새가 풍긴다. 냄새와 함께 유배되었던 세월과, 어두운 감방 안에서 둘이 보냈던 시간과, 가까이 있었던 두 몸체와, 드러난 살과, 그의 목에 송골송골 맺히던 땀방울들이 되살아난다. 아무것도 가진 것 없고 격리된 자인 나는 우리의 완전무결한 친밀감이 몰려드는 이 순간, 세상 그 누구보다 부자이다.

그의 목덜미에 시선을 고정한 채 뒤에서 머뭇거리던 나는, 그가 뒤돌아보자 그대로 굳는다. 첫날 그랬던 것처럼 강렬한 인상을 받는다. 그가 발산하는 광휘를 놓치기란 불가능하다. 도대체 보지 않을 수가 없다. 처음에는 숨이 멎었었다. 이렇게 아름다운 남자는 감옥 안에 있는 우리 모두와는 다른 인종일 거라고 생각했었다. 나는 외국인을 보듯 그를 바라보았었다. 그리고 지금까지도 익숙해지지 않는다. 이 정도까지의 아름다움은 늘 낯설다.

우리는 때로 높은 산과 넓은 대양과 눈부신 태양 앞에서 감탄한다. 우리의 힘을 넘어선 것들, 우리의 손으로는 도저히 만들 수 없는 것들, 우리의 머리로는 도저히 생각해낼 수 없는 것들을 보며 마음을 빼앗긴다. 그러나 사람에게는 아무것도 기대하지 않는다. 흔한 로맨스 외에는. 그러다가 어느 날 준비도 없이 누군가와 맞닥뜨리면 무릎이 꺾인다. 이유는 설명할 수 없다. 적당한 단어를 찾아낼 수 없다. 그것은 종교적인 것과는 거리가 멀다. 숭배가 아니기 때문이다. 그것은 뭔가 따사롭고 마술적인 것이다. 우리는 갑자기 황홀해지고, 한 발 뒤로 물러나거나 한 단계 내려서서 거리를 두게 된다. 이때 느끼는 감정이 반드시 욕망인 것은 아니다. 아마 그 누군가가 여자라면 욕망일 수도 있을 것이다. 그러나 여기에는 다른 감정이 있다. 일종의 겸허해지는 마음이라고 할까. 말로 표현할 수 없는 어마어마한 힘에 대한 경외. 단순히 사람이라는 말로는 설명할 수 없는 사람들이 있다.

그가 거실 한가운데서 멈춰선다. 나는 그에게 다가가 외투를 벗으라고 권한다. 그가 외투를 벗는 동안 나는 마룻바닥을 내려다보고 있다가, 그의 외투를 받아서 다른 방에 가져다놓는다. 다시 돌아왔을 때도, 그는 여전히 꼼짝하지 않고 서 있다. 공간을 온통 채우고 있다. 얼마 전까지 같은 곳에 서 있었던, 유일하게 여기까지 들어온 베티는 하얀 벽 사이의 가녀린 실루엣이었고 그림자였을 뿐이었는데. 이 두 사람의 차이는 두께와 밀도의 문제이다.

그가 올 줄 알고 있었다. 나는 기다리고 있었다.

아무 말도 하지 않았고, 아무 약속도 하지 않았으며, 만남을 구체적으로 정한 적도 없었지만, 결국에는 그가 오리라고 굳게 믿었다.

내게는 확신이 있었다. 설명할 수 없고, 선명하게 손에 잡히지도 않는 아무것도 아닌 것으로 이루어진, 이 내밀한 직감이. 이런 믿음에 대한 아주 사소한 증거조차 갖고 있지 않았는데도.

그냥 알았다. 그게 전부다. 안다는 것만으로 충분했다.

우리에게는 예감을 초석으로 인생을 구축할 권리가 있다.

작년 여름이었다. 날씨가 무더웠다. 침대에 누운 내 이마와 겨드랑이와 상체의 굴곡을 따라 땀이 흘러내렸다. 그는 몸을 앞으로 기울이고 다리를 벌린 채 침대 가장자리에 걸터앉아서 담배를 피우고 있었다. 죄수복을 벗고 다림질된 사복으로 갈아입은 채였다. 사복을 입은 모습을 보기는 처음이었다. 머리칼도 그럭저럭 정돈된 모습이었다. 목을 움츠린 그는 약간 의기소침해 보였다. 곧 간수들이 그를 데리러 올 것이었다. 그는 형기를 마쳤다. 바깥세상으로 돌아갈 시간이 되었다.

행복해야 할 시간이었다.

드디어 자유를 찾아 떠날 수 있게 된 것이었다. 그 모든 감금의 세월을 뒤로하고서, 가로 세로 각각 3미터와 4미터인 감방과, 뒤죽박죽의 집단 동거와, 억눌린 폭력과, 비참하고 지루한 생활을 떠날 수 있게 된 것이었다. 이제 그는 그를 속이지도 고소하지도 않았을뿐더러, 매주 꼬박꼬박 면회를 오는 정성을 발휘한 참을성 많고 헌신적인 한 여자를 찾아갈 것이었다. 격리되었던 세월의 괄호를 닫고, 정상적인 삶을 이끌어나감으로써 세상이라는 거대한 사진 속에서 다시 한 자리를 차지하기를 바랄 수 있게 되었다. 그러니 만족스럽고, 얼른 나가고 싶어 안달하고, 기쁨으로 들떠 있어야 마땅할 것이었다. 그러나 그렇지가 않았다.

나, 나도 자유를 되찾게 된 그를 위해 기뻐해야 할 것이었다. 사실 이곳에 있는 모두가 바라는 것은 단 하나, 나가는 것뿐이다. 그 바람으로 우리는 이곳 생활을 견딜 수 있고 정신이상이 되지 않을 수 있었다. 그러나 나는 기쁘지 않았다.

아니, 그 시간은 행복하지 않았다. 심각하고 무겁고 딱딱했으며, 특히나 침울했다. 초상이라도 치르는 듯, 슬프고 침통한 분위기였다.

그러나 우리에게는 준비할 시간이 있었다. 우리는 그 시간을 피하지 않았다. 더구나 우리는 쉽게 마음이 약해지는 사람들도 아니었고, 관계에 초연하는 법도 배운 사람들이었다. 거칠고 과묵하고 고독한 사람들이었단 말이다. 그러나 시간이 좀더 흐르고 나서야 우리는 우리 자신이 생각했던 바로 그런 사람은 아니라는 걸 알게 되었다.

아마 바로 그 기회를 통해 우리는 미래에 일어날 일과, 우리를 이렇게 다시 절벽 가에 있는 집에서 마주하게 해준 뭔가를 깨달았을 것이다.

그 느낌은 말없는 가운데에서도 명료했고, 말로 형용할 수 없으면서도 어떤 예시가 되었다. 우리는 우리가 해야 할 일을 알고 있었다. 그가 할 일은 감옥을 나가 집으로 돌아간 다음, 의심받지 않도록 거짓말 속에서 꿋꿋이 버티며 날짜를 세는 것이었다. 내가 할 일은 석방될 때까지 기다린 다음, 팰머스로 돌아가 그가 문을 두드릴 날을 준비하는 것이었다.

이 모든 일이 우리가 예상했던 대로 일어났다. 그러나 그날 아침, 이별의 슬픔에 잠겨 습기 찬 감옥 안에 둘이 있었을 때, 우리는 아무 말도 하지 않았고 어떤 계획도 세우지 않았다. 말은 무용지물이었다. 우리는 우리 자신의 감정을 알고 있었기 때문이었다. 말을 한다 해도 그 단어들은 정확하지 않을 것이었다. 혹은 위험할 것이었다.

감방의 문을 열기 위해 열쇠를 자물쇠에 넣고 돌리는 소리가, 마비상태와 명상에서 우리를 끌어냈다. 간수가 들어오더니 루크를 향해 고갯짓을 한 번 해 보였다. 그는 농담이건 놀리는 투의 격려이건 아무 말도 하지 않았다. 우리 둘에게서 거리를 두고 서 있을 뿐이었다. 그 거리감은, 눈에 훤히 보이는 우리의 친밀한 분위기에 끼어들어 방해하지 않으려는 의도, 우리에 대한 존중이었다고 거의 확신한다. 점잖고 품위 있는 태도.

루크가 담배를 비벼끄더니 조용히 일어서서 개인 사진들을 떼어낸 벽을 마주 보았다. 그리고 침대와 정돈된 시트와 잘 개켜진 이불을 바라보았다. 그렇게 꽤 오랫동안 꼼짝도 하지 않고 서 있었다. 그가 마지막으로 한 번 나를 돌아보고 싶어한다는 것을, 그러지 않고는 떠나지 않으려 한다는 것을 느낄 수 있었다. 그러나 그는 아무것도 하지 않았다. 그가 문턱에 발을 디뎠을 때, 나는 돌아보지 않아도 좋으니 어떤 신호, 이를테면 서부영화에서처럼 작은 손짓이라도 해주길 바랐다. 그러나 그는 그러지 않았다. 나는 여전히 웃통을 벗은 채 땀을 흘리며 누워 있었고. 그의 등뒤로 문이 닫혔을 때, 나는 생각했다. 이건 임시 이별이야. 우리는 다시 만나게 될 거야. 그러므로 나는 울지 않았다.

오늘, 지금, 그가 여기 이렇게 있다.

그가 없는 그뒤 몇 달의 감옥생활은 백지였다. 지금 이렇게 한 발 물러나 생각해보아도, 정말이지 그 백지가 무엇으로 채워졌었는지 알 길이 없다. 그것은 마치 기나긴 농한기 같았고, 어느새 끝나지 않을 겨울이 되어버린 초가을 같았으며, 구분이 안 될 정도로 맞물려 이어지는 어둑어둑한 낮과 냉랭한 밤의 연속 같았다. 또한 꼼짝 않고 멈춰서 있는 것처럼 보이지만 그럼에도 우리를 가차 없이 늙게 하는 시곗바늘과도 같았다.

그는 아내와 재회하는 것부터 시작했다. 출감하는 날, 아내는 감옥 앞의 진창 속에 서 있다가 그의 품으로 달려들었다. 그도 그녀를 끌어안았다. 그녀는 그의 몸이 자신의 몸에, 자신의 몸이 그의 몸에 밀착되는 순간을 만끽했다. 그러느라 자기의 가슴은 북처럼 둥둥 울리는데, 그의 가슴은 이상하리만치 차분한 것을 알아차리지 못했다. 그가 웃음을 지었다. 고통으로 실룩이는 듯한 웃음이었다. 그녀는 산 사람들의 세상에 다시 적응하려면 시간이 필요할 거라고, 감옥은 사람을 변하게 하는 거라고 짐작했다. 그녀의 짐작은 틀리지 않았다.

그녀는 그를 런던 변두리에 있는 집으로 데려갔다. 스쳐 지나가는 거리 풍경이 익숙했다. 아파트는 고작 하룻밤 비워둔 것처럼 예전 그대로였다. 그 변함없는 모습에 그는 어지럼증을 느꼈다. 전과 다름없이 같은 자리에 그대로 놓인 그 모든 것을 보면서 예전 생활과 마주하자니, 벌렁 나둥그러질 것만 같았다. 그는 이것이 자신의 인생이 될 수는 없으리라는 것을 확인했다. 자기에게 맞는 다른 인생이 분명히 있으리라는 것을.

그는 몇 달 동안 연극을 했다. 주위 사람들은 전혀 눈치 채지 못했다. 물론 가끔씩 그가 이상하다고 걱정하기도 했고, 감정을 조금만 더 드러내고 조금 더 밝았으면 하고 바라기도 했다. 그러나 그는 원래부터 수다스러운 사람이 아니었다. 그는 숨 막히게 애정을 퍼붓고, 어린아이인 양 보살피려는, 진저리나게 상냥

한 사람들에게 둘러싸였다. 하지만 그는 반발하지 않았다. 그들에게서 벗어나는 것은 시간문제이고 인내심의 문제였기 때문이었다.

오늘 아침, 그는 아내가 집을 나서자마자, 자리에서 일어나 샤워를 하고 옷을 입고 간밤에 마신 맥주캔을 쓰레기통에 버렸다. 거실 탁자 위에 놓아둔 담뱃갑을 집어들고 입구 거울 앞에 서서 셔츠 깃을 바로잡은 다음, 등뒤로 소리나게 문을 닫았다. 집에는 한 마디 설명이나 메모도 남기지 않았다. 말을 남긴들, 그녀가 무엇을 이해할 수 있겠는가? 그는 여느 날 아침처럼 특별히 서두르는 기색 없이 계단을 내려갔고, 보도에 나서서 하늘의 색깔을 살폈다. 그리고 역으로 가서, 14시 38분에 도착하는 팰머스행 열차에 올랐다.

그는 이 모든 것을 특별히 꾸미거나 강조하는 것 없이 느릿느릿한 음성으로 말한다. 나는 그의 이야기를 듣고 있다. 조금도 놀랍지 않다.

마지막으로 그가 이 말을 덧붙인다. "내가 좀 꾸물거렸다면 용서해."

우리는 멀리서 돌아왔다. 오로지 이렇게 환하고 분명한 확신 속에 함께 마주하기 위해서, 모든 길을 떠돌아야 했다. 이 확신을 모른 척해야 했었고, 특히나 길이란 길은 모두 돌아야 했으며, 우리에게 예정된 운명을 포기해야만 했었다.

어쩌면 지금 이 순간, 나는 여전히 메리앤의 남편이었을지 모른다. 아이는 살아 있고, 내 팔은 매일, 신만이 아는 똑같은 고생을 하고 있었을 것이며, 체인 로커에서 휴식을 얻기도 하면서 천천히 늙어갔을지 모른다. 행복하지는 않았겠지만, 조용히 살 수는 있었을 것이다. 조용히 사는 것 외에, 무엇을 더 열망하겠는가?

루크는 아량 넓은 남편, 믿음직한 사위, 견실한 측근이 되었을 것이다. 매사에 열성을 보이지는 않았겠지만, 적어도 사람들의 기대를 저버리지는 않았을 것이다. 믿고 기대는 것 외에, 사람들이 무엇을 더 갈망하겠는가?

자, 추방된 자들이고 더럽혀진 자들인 우리는 지금 이렇게 나란히 함께 있다. 그러니 기가 죽고 위축되어, 우리를 참아주는 사람들에게 감사해야 마땅할 것이다. 그러나 우리는 그러는 대신 오욕을 향해 떳떳하게 걸어간다. 사람들은 우리가 아직 정신을 못 차렸고 우리에게는 약도 주사도 없다고 주장할 것이다. 우리는 아무 대꾸도 하지 않을 것이다. 우리가 그 반대로 저주에서 벗어났다고 선언한다고 해도 어차피 그들은 들으려 하지 않을 것이다. 세상에 자신 있게 이렇게 말할 수 있는 사람이 과연 몇이나 될까?

라지브에 대해서도 생각한다. 그의 드러나 보이는 체념과, 내재한 난폭함과, 자청한 고독을 생각한다. 베티에 대해서도 생각한다. 그녀의 웃음과, 계산적이지 않은 상냥함과, 두번째 기회를 생각한다. 나는 남겨두고 떠날 이 두 사람을 생각한다.

루크를 바라본다. 그의 신비와 힘을 바라본다. 자석처럼 우리를 서로 끌어당기고, 서로에게 향하게 하는 열정에 대해서도 생각한다. 운명이 다른 누군가와 연결되었다는 것이 이런 것이리라.

우리는 둘이서 함께, 우리가 되어야만 하는 사람들이 되었고 떨어져 있어서는 결코 되지 못했을 사람들이 되었다.

밤이 이르게 찾아든다. 바람이 세차다. 이따금 등대 불빛에 환해지는 창문을 빗줄기가 때리고 있고, 바다는 시체를 내놓으라고 고함치며 요동하고 있다. 우리는 인공적인 온기를 불어넣은 집 안의 노란 불빛 아래 있다. 우리를 보호해주는 벽에 둘러싸여 다시 찾아 정복한 친밀감을 누린다. 루크의 얼굴은 온통 피로로 물들어 있다. 그러나 그것은 편안하고 느긋한 피곤함이며 평온한 피로이다. 그는 맨 마룻바닥에 덜렁 놓인 매트리스에 누워 있다. 나는 그의 어깨 위의 점들을 바라본다. 이제부터는 아무 일도 일어나지 않을 것이고, 두려워할 일은 없다는 것을 나는 안다.

우리는 내일, 첫 여객선을 타고 떠날 것이다.

옮긴이의 말

'틀에 박힌 삶에서 벗어나기 위해서는, 어쩌면 불의의 사건을 겪어야 하는 건 아닐까요?'

『포기의 순간』이 출간된 이듬해 열린 파리 도서박람회에서 사인을 받으려고 길게 줄을 선 끝에 책을 내미는 독자들에게, 필립 베송은 이런 문장을 써주었다. 속표지에 적힌 '포기의 순간' 이라는 제목 바로 아래 접속사 et(and)와 함께. 발표하는 작품들마다 죽음, 침묵, 고독 같은 인간 내면의 어둠과 슬픔을 꾸준히 투영시켜온 작가라기에는, 어리둥절하리만치 밝고 쾌활하고 상냥했던 그의 모습만큼이나 친절한 요점 정리가 아닐 수 없었다.

불의의 사고, 포기의 순간.

요컨대 필립 베송은 불의의 사건을 겪은 후 세상의 편견에 맞서 흔들림 없이 제 길을 가는 한 남자의 여정을 그려놓고는, 외려 틀에 박힌 것이 아닌 자신만의 진정한 삶을 살기 위해서는 불의의 사건이 필요악은 아닌지 묻고 있다. 의문도 품지 않고 누구나 으레 그러니까 하는 심정으로 끌려가던 삶을 포기하기 위해서는 혹독한 계기가 필요한 것은 아닌지를.

인간이 겪을 수 있는 최악의 비극, 이를테면 자신의 과실로 자식이 목숨을 잃는다면, 죄책감이 숨통을 조여오고 세상의 증오와 배척이 일상이 된다면, 구원은 어디에서 찾아야 하는가? 누군가는 가족에게서, 누군가는 종교에서, 누군가는 망각과 도피에서 답을 구하리라. 필립 베송의 소설 속 인물은 냉철한 현실인식과 진정한 자아의 발견에서 치유를 받고 구원을 얻는다.

영국의 땅 끝 마을 팰머스, 육지가 수직으로 깎아지른 절벽에서 바다에 자리를 양보하는 곳, 확신할 수 있는 것이라곤 안개뿐인 이곳에 토머스 셰퍼드라는 사내가 오 년여의 복역을 마치고 귀향한다.

오 년 전 그는 폭풍우가 예고되었음에도 여덟 살 난 아들을 배에 태워 바다에 나갔다가 혼자 돌아왔고, 과실치사죄로 징역형을 언도받았다. 세간을 떠들썩하게 했던 이 치욕스런 사건을 기억에서 지워버릴 수 없었던 마을 주민들은 토머스의 귀향을 마뜨잖아하며 노골적으로 경멸을 드러내고 그를 배척한다.

하지만 토머스와 마찬가지로 소외된 처지인 파키스탄인 식료품상 라지브와 신문가게 점원 베티는 다르다. 토머스의 사연은 이 두 사람에게 들려주는 고백 형식으로 조금씩 베일을 벗는다. 라지브에게 털어놓는 이야기에서는 메리앤과의 불행했던 결혼생활, 아이의 출생에 얽힌 비밀과 죽음의 정확한 경위, 그리고 이 모든 것을 겪어내는 동안 변해온 토머스의 심경이 드러난다. 베티에게 들려주는 이야기에서는 수감생활과 루크와의 결정적 만남이 그려진다. 놀라운 것은 토머스의 일방적인 고백에, 제 몫의 불행을 쌓아둔 채 살아가는 라지브와 베티의 사연이 얼비친다는 것이다. 그들은 그저 묵묵히 토머스의 이야기에 귀를 기울일 뿐인데도.

토머스는 만남을 구체적으로 정하지 않았건만 마치 약속한 듯 여기 팰머스로 찾아온 루크와 재회하고, 그와 함께 자신이 원하는 삶을 설계하려 한다. 메리앤과의 결혼생활에서 겪었듯 지옥은 때로 사랑이라는 이름으로 시작되지만, 이번에는 적어도 자신의 의지로 확신을 가지고 선택한 사랑이자 삶인 것이다. 사고와 함께 자연스레 찾아든 포기의 순간 이후, 자신의 모든 것을 거는 또다른 포기.

애초 중심과 명확한 것을 경계하고 주변과 가장자리와 경계선과 언저리만을 좋아했던 토머스는 아이의 죽음이라는 극단적 사건을 통해 아예 중심에서 일탈해 경계 저편으로 건너갈 수 있었고, 그 순간부터 자신이 주인인 진짜 삶을 살게 된다.

필립 베송은 경계를 넘어버린 사람들, 뜻밖의 불행을 당한 사람들에게 틀에 박힌 지리멸렬한 삶을 벗어나기 위해서는 사고가 필요할지도 모른다고 위로하면서, 동시에 경계를 넘은 적이 없는 사람들, 즉 정상에서 벗어나본 적이 없는 사람들에게 이렇게 묻고 있는 듯하다. 한 번도 중심에서 소외된 적 없이 정석대로 살아왔다고 자부하는 당신, 당신은 정말 인생을 잘 살아가고 있는 것인가.

죽음, 죄책감, 다수의 증오에 맞닥뜨린 개인, 굳센 사랑이라는 주제와, 짧고 간결한 문장, 단순하지만 적확한 어휘, 선명한 이미지, 감상과 감수성 사이를 아슬아슬 줄타기하는 감정의 관조, 일체의 군더더기를 발라내고 핵심만 남긴 문체라는 형식. 『포기의 순간』은 영락없는 필립 베송의 소설이다.

단 몇 줄만으로도 주인을 알아볼 수 있는 개성 강한 문체, 혐오스럽기보다는 그로테스크해서 독특한 감상을 자아내는 인간 내면의 어두움에 대한 천착, 간결하고 감상적인 문장들 사이사이 꽂아놓은 촌철살인의 단상들, 시류에 영합하지 않으면서도 삶에 가까운 언어들, 목청을 높이는 대신 침묵으로 촉구하는 자유를 향한 갈망과 틀에 맞춰진 삶의 거부, 매년 약속처럼 꼬박꼬박 내놓는 신작. 2000년 어느 날 갑자기 프랑스 문단에 나타난 서른네 살의 무명작가였던 필립 베송의 존재감이 오늘날 현대 프랑스 문단에서 돋을새김된 이유들일 듯하다.

고정 독자들 역시 변함없이 열성과 찬사를 보내고 있다. 출판사 부스마다 내로라하는 스타급 작가들이 포진했던 파리의 도서박람회에서, 사인을 받으려고 독자들이 줄을 선 작가는 마르크 레비, 아멜리 노통브, 장 자크 상페, 필립 베송 정도였다. 2011년 현재, 그는 열한 번째 장편이자, 등단작 『인간의 부재 속에서』의 속편인 『인간들 사이로의 귀환』을 내놓았고, 잔 모로가 주연을 맡은 영화 〈잘못된 만남〉을 비롯, 서너 편의 시나리오를 집필한 후 앙드레 테시네와 함께 시나리오 작업 중이며, 케이블 채널인 파리 프르미에르의 방송 프로그램 〈파리 데르니에르〉의 사회자로 활약하고 있다.

장소미

지은이 **필립 베송**

1967년 샤랑트에서 태어났다. 루앙의 고등상업학교를 졸업한 후 법학자로 강단에 섰으며, 일간지 〈리베라시옹〉에서 잠시 일했다. 등단작 『인간의 부재 속에서』로 에마뉘엘 로블레스 상을 수상했으며, 『그의 동생』으로 페미나 상 후보에 올랐다. 『만추』로 에르테엘 리르 그랑프리를, 『이런 사랑』으로 메디테라네 상을 수상했다. 등단 후 매년 꾸준히 작품을 발표해오고 있으며, 주요 작품으로 『10월의 아이』 『무상한 나날들』 『이별과 이별하기』 『우연히 만난 남자』 『인간들 사이로의 귀환』 등이 있다.

옮긴이 **장소미**

숙명여자대학교 불문과와 동대학원을 졸업했다. 숙명여자대학교에서 강의를 했으며, 파리3대학에서 영화문학 박사과정을 마쳤다. 『이런 사랑』 『10월의 아이』 『우리 안의 어둠』(근간)을 우리말로 옮겼다.

문학동네 세계문학

포기의 순간

1판 1쇄 2011년 3월 30일 | 1판 2쇄 2011년 4월 21일

지은이 필립 베송 | 옮긴이 장소미 | 펴낸이 강병선
책임편집 황문정 | 편집 김지연 | 독자 모니터 전혜진
디자인 이경란 이원경 | 저작권 김미정 한문숙
마케팅 정민호 김도윤 박보람 장선아 | 온라인 마케팅 이상혁 한민아 정진아
제작 안정숙 서동관 김애진 | 제작처 (주)상지사P&B(인쇄) 경일제책(제본)

펴낸곳 (주)문학동네
출판등록 1993년 10월 22일 제406-2003-000045호
주소 413-756 경기도 파주시 교하읍 문발리 파주출판도시 513-8
전자우편 editor@munhak.com | 대표전화 031) 955-8888 | 팩스 031) 955-8855
문의전화 031) 955-3576(마케팅) 031) 955-2659(편집)
문학동네카페 http://cafe.naver.com/mhdn

ISBN 978-89-546-1442-9 03860

www.munhak.com